W I N G S ・ N O V E L

けものの耳は恋でふるえる

渡海奈穂
Naho WATARUMI

新書館ウィングス文庫

S H I N S H O K A N

けものの耳は恋でふるえる

目次

イラストレーション◆びっけ

けものの耳は恋でふるえる

1

朝日が窓から射し込んだ瞬間、カリサは寝台の上で勢いよく飛び起きた。弾《はず》みで、ぴょこりと頭の上についたふたつの耳が揺れる。

「しまった、遅れちゃった！」

カリサは素早い動きで寝台から床に下りながら、寝間着《ねまき》を脱ぎ捨てた。代わりに、箪笥《たんす》から服を引っ張り出して身につける。生成《きな》りの短いズボンに、同じ素材のシャツ。素っ気ない服だが、鮮《あざ》やかな色の羽根や綺麗な石を組み込んだ飾り紐《ひも》をベルト代わりに腰に巻きつけると、手脚の長い、すんなりしたカリサの体がぐっと引き立った。

ズボンの切れ込みからふさふさの尻尾《しっぽ》を取り出せば、バランスは完璧だ。

「もう、ぼさぼさ」

しかし鏡を見ると、映るのは、波打ってあっちこっちに膨《ふく》らんだ、榛《はしばみ》色の長い髪。ブラシを入れ、躍起《やっき》になってその癖の強い髪を解《と》く。丈夫で艶《つや》がある髪は自慢だが、寝起きだけはいただけない。

どうにか膨らみすぎた髪を宥《なだ》めて、カリサは鏡でできばえを確認した。

「よし！」

髪は健康そうに輝いていて、おまけに耳もぴんと立っている。

ついでに言えば、肌もつやつやで血色がよく、髪と同じく榛色の瞳の輝きもすばらしい。

最後に尻尾にもブラシを入れて磨《みが》くように毛並みを整えたら、満足してひとり頷き、カリサは腿《もも》上まである革の編み上げブーツを履《は》いて、家を飛び出した。

ドアを開けると、拡《ひろ》がるのは一面の草原。カリサがひとりで暮らす木造りの小さな家は小高い丘のてっぺんあたりに立っている。カリサはうんと大きく伸びをした。初夏の心地のよい風が、青葉の爽《さわ》やかな香りを運んでくる。今日もいい天気だ。

家の外に置かれていたバケツを手に取ると、カリサは丘を下って駆け出した。しなやかな長い脚で草の地面を蹴《け》ると、ただの人間なら驚くほどの大きな歩幅で前へと進む。風みたいな速さだ。

あっという間に丘を駆け下りて辿《たど》り着いたのは、清水の流れる小川。カリサはしゃがみ込むとまず自分の顔を洗ってからバケツに水をたっぷり汲《く》み上げた。それを軽々持ち上げ、荷物などひとつもないかのように、小川に沿って再び駆け出す。

少しすると深い森に入り、古びてはいるが、立派な家が現れた。

「おはようございます、サネルマ様！」

凛《りん》と張った元気な声でカリサは挨拶《あいさつ》して、その家のドアを開けた。

「おはよう、カリサ」

穏やかに返事をしたのは、寝台の上に身を起こした小柄な老婦人だった。潔《いさぎよ》く短くした髪も、眉も、それから頭の上に彼女の背筋と同じくらい真《ま》っ直《す》ぐに伸びた大きな耳も、今は布団の中に隠れている立派な尻尾も、すべて真っ白だ。年齢のせいで色が失われたのか、それとも元々純白の美しい毛並みを持っているのか、カリサは知らない。カリサが物心ついた時から、この村の長《おさ》であるサネルマは、今と変わらない上品で穏やかな女性だった。

「ごめんなさい、少し寝坊してしまって。すぐにもう一度、水を汲んできますから！」

台所に駆け込んで、バケツの水を甕《かめ》に移しながらカリサは声を張り上げる。いつもならば夜明けの少し前に起き出して、サネルマのために水汲みをするのが、カリサの日課だったのに。

「そんなに急がなくったっていいんだよ、じきにアネッタも来るんだから」

「ううん、長《おさ》様のために少しでも役立てるのが、私の誇《ほこ》りなんです。――それに急がないと、あいつが来ちゃう」

最初の方は胸を張って、最後の方はきつく眉間《みけん》に皺《しわ》を寄せ、カリサはサネルマに告げる。

「そうだ、早くしなくっちゃ」

カリサは大急ぎで空《から》のバケツを持ってサネルマの家を飛び出し、また小川で水汲みをしてから、全速力で戻ってきた。

「カリサは私たちの仲間の中でも、もう一番の駿足《はやあし》だね。瞬《まばた》きする暇もなかったわ」

「父さん譲《ゆず》りの自慢の脚だもの」

村長《むらおさ》に褒《ほ》められて、カリサは嬉しげに肩をすくめて、笑った。

それからすぐに、表情を引き締める。

「じゃあこのまま、あいつを追っ払いに行ってきます。今日も、一歩だってこの村にあんな人間を入れやしないんだから」

「――気をつけてお行き、危ないことはするんじゃないよ」

「大丈夫、たかが人間の男なんて、私の敵じゃないわ」

きっぱりと言うと、カリサは再び駆け出した。外に出たところで、サネルマの家の手伝いに通っているアネッタとすれ違う。

「あらカリサ、今日は遅いのね！」

アネッタが声を掛けた頃には、カリサの姿はうんと小さくなっている。だがカリサは耳がいいので、彼女の声がちゃんと聞こえた。

「寝坊しちゃった！　すぐに用事をすませてくる！」

カリサの張り上げた声を、同じく人間の何十倍もすぐれた耳を持つアネッタも、すんなり聞き取る。頑張って、とカリサに手を振り、カリサは振り返ってそれに笑顔で応えると、ますます速度を上げて走っていく。

丘を駆け上がり、自分の家の横を通り抜けながら、カリサは何となく背後を振り返った。サネルマの家のある森はずいぶん遠い。あの森の中に、『仲間』の大半が暮らしている。森から外れているのはカリサの家だけだった。

（だから私が、みんなを守らなくっちゃ）

カリサの家はいわば番小屋だ。

決意も新たに、今日もカリサは走り、やがて大きな橋まで辿り着く。いつも水汲みをしている小川とは比べものにならないほど広く、流れも急な川。

そこに架《か》けられた石橋の真ん中に、いつもどおり、奴が立っている。

カリサは橋の手前で脚を止め、ばさりと豊かな髪を背中の方へ跳ね上げた。大した距離を走ったわけではないので息も上がっていないが、一拍入れる。ぐっと顎《あご》を持ち上げて、橋の上に立つ若い男のことを睨みつけた。

男は初夏だというのに、真っ黒い服を着ていた。上着はやたら丈が長くて、同じく黒色のズボンのほとんどを隠している。銀色の髪をきっちりと後ろに撫でつけ、服装もだが、ひとつも乱れるところがなかった。

十六歳のカリサよりはもう少しくらい上、生まれて二十年ほど経《た》った辺りか。

カリサの仲間の男たちとほとんど見た目は一緒だが、違うのは、耳はつるりとして顔の真横についており、りっぱな尻尾はついていないところだ。

男は『人間』と呼ばれている種族だった。

獣の耳に似た立派で性能のいい耳を持つために、カリサたちは『獣耳族《じゅうじぞく》』と呼ばれている。

「やあ、カリサ、おはようございます」

鋭い眼差しで睨みつけてやったのに、男の方は動じる気配もなく、鷹揚《おうよう》に挨拶などをしてくる。

カリサはこの人間の、そういうところが気に喰わない。

「朝早くからご苦労様だけど、来るだけ無駄って、何度言ったらわかってくれるの？」

挨拶は返さず、カリサは男を睨みつけたまま怒った声で言ってやる。

男はわざとらしいほど困ったように溜息をついて、首を振った。

「私も、何度言ったらわかっていただけるんでしょう。君たち獣耳族には、一刻も早くここから立ち退《の》いてほしいと」

「この土地には、私たちの方が先に住んでるの。あとからのこのこやって来たあんたたち人間に、何でそんなこと命令されないといけないのよ」

「命令じゃない、お願いです。我々教会の人間は、決して力ずくで君たちを追い出すつもりはありません。少なくとも、今のところは」

「あー、嫌だ嫌だ。それって、今のところはその気がなくたって、そのうち方針が変わるかもっていう、脅《おど》しでしょ！」

カリサは荒っぽい足取りで、男の方に近づいた。男はやはり少しも怯《ひる》まず、目の前にやってくるカリサを、青い瞳で見下ろしている。

「そういうつもりはないんですけどねえ」

「嘘ばっかり！　あんたっていつもそうやって平気な顔で勝手なこと言って、感じ悪いったら！」

どんと足を踏み鳴らしてから、カリサはすっかり頭に血がのぼっている自分に気づいて、誤《ご》魔化《まか》すために咳払《せきばら》いをした。男の方は冷静そのものの態度なのに、自分ばかりが取り乱していたら、負けだ。

大きく息を吸うと、カリサは男の胸に指を突きつけた。目一杯の反抗心をこめて相手を睨む。

「いい、私たちはここで穏やかに、慎《つつ》ましく暮らしてるのよ。人間の邪魔をした覚えもない。むしろあんたたち人間の方が、私たちの育てた大事な作物や毛皮を掠《かす》め取ろうとか、面白半分で様子を見ようとかして、迷惑ばっかりかけてくるけど」

「ですから、そういう危険があるので、もっと他の仲間の大勢いる土地に移動したらどうか――とハイド神父は言っているんです。カリサたちの村はほとんど女性と子供ばかりで、数もそう多くない。神父はカリサたちのためを思って、私に立ち退きの交渉を託《たく》してくださっているんですよ」

「盗人の仲間が、被害者に対して盗まれないように土地を寄越《よこ》せって、滅茶苦茶《めちゃくちゃ》な言い分よね」

「どうして人の厚情《こうじょう》を、君たち獣耳族は、悪い方に取るんだろう……」

嘆《なげ》かわしい、とでも言いたげに、男が首を振る。またしてもわざとらしい仕種に、カリサは相手の顔を引《ひ》っ掻《か》いてやりたくなった。

もめごとはいけないときつくサネルマから言われているので、我慢するが。

「それからカリサ、私は『あんた』ではなく、ギルバートです。人の名は、獣耳族の方にはなかなか覚えられませんか？」

気遣うような男――ギルバートの言葉に、カリサはかちんと来た。

「覚えてるわよ、でもあんたと私は友達でも何でもないんだから、名前を呼んでやる必要なんてないでしょ！」

引っ掻きはしないが、ついつい、声は荒くなってしまう。

「そもそもねえ、大人が村にいられないのは、あんたたち人間がずかずか私たちの村を踏み荒らすせいで、畑の実りが悪くなったり、魚や獣が逃げてしまったりするせいなんだから。橋からこっちに人間が誰も来なければ、怯《おび》えた獣たちが逃げ出さずにすんだのに」

ギルバートの言うとおり、カリサたちは子供と老人、成人前の若い女性ばかりで暮らしている。カリサを含めて、二十人にも満たない数だ。

冬になって雪が積もる頃には、男手や狩りの上手な女が遠い山々から戻ってきて、もっと賑《にぎ》やかになるのだが。

「私だって、大人たちと一緒に、狩りに行きたいの。あんたたちのせいで、このままじゃ、まともな狩人《かりうど》になれないかもしれない」

「だから、もっと別の土地に行けばいいでしょう」

「あんたたちこそどこかに行ってくれれば、この場所で、昔どおりの暮らしができるんだったら！」

――こうしてカリサとギルバートの『話し合い』は、毎日堂堂巡りだ。

「いいからこのまま帰って、ハイド神父とやらに、いい加減無駄なことはやめて私たちのことは放っておいてって、伝えなさい！」

びしっと、ギルバートの背後にある街の方を指さし、カリサは大きな声で告げる。

ギルバートはもう一度「やれやれ」という仕種で首を振った。

「わかりました、では今日のところは、これで退散しましょう。そろそろ朝の礼拝も始まってしまう」

「前から言いたかったんだけど、そうやって朝の日課みたいにここに来るの、やめてくれる？」

ほとんど毎日、安息日とやら以外は欠かさずこの場所に姿を見せるギルバートだが、決まった時間になれば、どれだけ『話し合い』が白熱していようと、さっさと街に帰ってしまう。

「何だか片手間に、義務で私たちを追い出そうとしてるみたいで、本当、腹立つのよね」

「では明日からはもう少し情熱的に、あるいは執拗《しつよう》に、執念深く、カリサを説得してみせましょうか」

そこでにっこりと笑うのが、この男の胡散臭《うさんくさ》いところだ。ギルバートが一歩踏み出し近づいてきた分、カリサは警戒して、身を引いた。

「私は、来ないでって言ってるんだけど」

「いえ、明日も来ます。今日も一日、あなたに神々の恵みがありますように」

慇懃《いんぎん》な一礼を残して、ギルバートがさっと身を翻《ひるがえ》し、街の方へと去っていく。

「……変な奴……！」

しつこくカリサたちに出て行くよう言い続ける割に、引き際があっさりしすぎるギルバートのせいで、カリサは毎度毎度肩透かしを喰らってしまう。

だからもう、本当に、あのギルバートという男のことが、カリサは苦手だった。

◇◇◇

大地の上に人が生まれたと同時に、獣耳族の命もまた芽吹いた――と人間の書物には書いてあるらしい。

カリサたちから言わせれば、獣耳族が生まれたついでに、人間も姿を現したという認識なのだが。

とにかくお互い気づいた頃には、同じ大地の上に、よく聞こえる耳と感情豊かで立派な尻尾、頑丈《がんじょう》な体を持つ獣耳族と、脆弱《ぜいじゃく》で悪智慧《わるぢえ》が働き力のない代わりに道具に頼ってばかりの人間が暮らしていた。

獣耳族は自然に合わせる暮らしを行い、人間は道具を用いて自分たちの暮らしに合わせて自然を変えていくという、生き方の大きな違いがあった。

そのせいで土地によっては獣耳族と人間は憎み合い殺し合い、別の土地では当たらず障《さわ》らず不干渉を貫《つらぬ》き、またある土地では仲よく共存を果たしている。

カリサたちの暮らす土地では、かつては『当たらず障らず』の関係だったが、今の村長《むらおさ》であるサネルマが少女の頃に、人間の姿が自分たちの住処《すみか》周辺で目に入るようになったらしい。

もともとは長らく獣耳族しかいなかった土地に、新天地を求めた人間がやってきた。少し離れた場所で小さな聚落《しゅうらく》を作っていたのが、急速に発展して、次第に街を拡《ひろ》げていったのだ。

カリサが物心ついた時には、まだ街から人間が来るには馬を使って数刻かかっていたはずなのに、今では一刻もかからず来られる距離にまでなってしまった。だからあのギルバートとかいう男が、散歩感覚で毎朝訪れるのだ。

(あとから来て私たちを追い出そうなんて、本当、図々しいったら)

ギルバートは街の教会で働く『修道士』だ。

人間たちは、神様という大昔に死んだ何人かの人たちが考えた決まりを大事に守って暮らし、その決まりを広めているのが教会の神父だとか、何とか。

修道士はその神父を手伝いながら、街の人のために奉仕したり、自分のために修業を積んだりする人間。ギルバートの着ている真っ黒くて動き辛《づら》そうな服は、修道士であるという目印だ。

修道士は他の人間より勤勉で、真面目で、奉仕の心とかいうのを持っているから、人々に敬《うやま》われている——らしい。街の人間からそう聞いたことがある。

(だからって、獣耳族の私にまで、偉そうにしないでほしいわ)

人間の世界の決まりが、カリサたちにまで通じると思ったら、大間違いだ。

ぷりぷりしながら、カリサは自分の家に戻った。

気分を変えるためにも、明るい声で歌いながら朝食を作り始める。麺麭《パン》は昨日のうちにたねを仕込んであるから、あとはかまどに火を入れて焼くだけ。貯蔵用の壺《つぼ》から塩漬け肉を取り出しこんがり焼いて、畑で取れた野菜を適当に千切《ちぎ》って、肉と一緒に麺麭に挟む。香辛料も忘れてはいけない。あとは帰り道に生《は》えていた木からもいできた果物を添えて、完成だ。

「いただきます」

カリサの両親はずっと昔に死んでしまって、兄弟もいないから、今はひとりでこの家に住んでいる。

ひとりの食事は少し寂しいが、ごはんはおいしい。カリサはぱくぱくと食事を口に運ぶ。

麺麭を作る小麦も野菜も香草も、何もかもこの村の中で作られているものだ。

食糧の種類は人間とあまり変わらないが、店を出して金でそれを売る人間たちと違い、カリサたちは自分たちが食べる分は、自分たちだけで作って、分け合う。ずっとそうやって生きてきた。

ただ——近頃は大人たちが遠くの土地に狩りに出かけているせいで人手が足りず、食糧以外にも人間の店に並ぶものを買わなければならないことが増えてきた。特に明かりに使う植物性の油や蠟燭《ろうそく》が必要だった。カリサたちは長らく獣脂《じゅうし》を使ってきたが、匂いが強く、気軽に獣が捕れなくなった今は集めるのも大変だ。カリサたちは夜目《よめ》が利くので、何が何でも明かりが必要ではない。だからこそ、苦労して油を手に入れるより、人間が道具を使って効率良く絞《しぼ》り出す油を買う方が早いのではと気づいてしまった。蠟燭の便利さにも。

（私たちみたいな力がないぶん、便利な道具を作るのは、人間の方が向いてるのよね。癪《しゃく》だけど）

カリサたちだって、木材を使って家を建てたり、家具を作ったりするのは得意だ。人間の何倍、何十倍も強い力を持って、道具に頼らずともそこそこの太さを持つ木の一本や二本くらい、素手で引っこ抜ける。

だが人間のように、煉瓦《れんが》を焼いたり、道具で切り出した石を使って丈夫で大きな建物を作ったりするのは向いていなかった。嵐が来て家が壊れてもすぐに直せるから木造で充分だけれど、でも最初から石で頑丈な家が建てられたなら、大勢の仲間が同じ家で不便なく暮らすことができるかもしれない。

「――っと、いけないいけない、こんなこと考えてたら、あの修道士につけ込まれる」

頭を振って、カリサは食べ終えた朝食の後片付けをすると、次に作業用の机に向かった。机の上には干し草や木の実、それらを細かく砕《くだ》く道具などが揃っている。

獣耳族の薬は人間に高く売れる。人間の知らない草を育て、特別な調合で粉薬や水薬を作り、ちょっとした病気や怪我はあっという間に治してしまう。人間の医者が作る薬よりもよっぽど効くのだ。

あとは、やはり人間には採掘《さいくつ》できないような場所と方法で作った宝石を使った細工物も人気だったが、これは他の女たちが作っている。細かい編み物や繊細《せんさい》な縫《ぬ》い物が、カリサはちょっと苦手だった。丈夫な靴を縫い上げたりするのは、割と好きなのだが。

朝のうちはそうして薬作りに励《はげ》み、陽が高くなったら他の仲間と畑の世話をして、合間に小さな子供たちと遊ぶ。

「いい、この草の、青いところだけを取ってくるの。一番たくさん取ってきた子には、私の髪飾りを譲《ゆず》ってあげる」

「やったー！」

「オレが一番になるんだからな！」

「二人一組よ、戻ってきた時にどちらかが欠けてたら、失格だからね」

「はーい！」

狩りに出られない代わり、カリサや村に残った仲間は、子供たちに生活の知識を与え、競争させて闘争心を育て、助け合う心を芽生《めば》えさせ、ついでに大人の手伝いも覚えさせる。カリサもそうして育てられた。

「カリサも、来年の春には狩りに行けるのかしらね」

一緒に作物の手入れをしていた年配の女性が、子供たちを送り出すカリサを見ながら呟いた。

「うーん、行けるなら、行きたいけど。でもそうしたら、あの人間の男を止める役がいなくなっちゃうでしょ」

「人の言葉を上手に話せるのは、サネルマ様の他にはカリサだけだものねえ」

カリサたちの仲間とギルバートたちとでは、使う言語が微妙に異なる。長らく交流を持たずに暮らしてきたのだから当然だ。カリサの前は、サネルマが仕方なく言葉を覚えて人間とやり取り——カリサとギルバートのような言い合い、いや、『話し合い』——をしていた。老齢のサネルマでは人間とのやり取りが負担になるだろうし、何より不愉快な役割をいつまでも村長一人に任せたくなくて、カリサからサネルマに人の言葉を教えてくれるよう頼んだのだ。

「いっそオレらが若い頃、人間どもが少ないうちに、ぶっ飛ばして追い払っておけばよかったんだよなあ。すまねえなあカリサ、若い奴に苦労かけて」

狩りのために遠出するには歳を取り過ぎた仲間の男が、申し訳なさそうにカリサに言う。

「まさかこんな勢いで人間が増えて、縄張りを増やすなんて、思ってなかったんだよ」

しょんぼりする男に、カリサは笑いかけた。

「いいの、悪いのは人間の奴なんだから。イノ爺《じい》がそんなしょげることないのよ」

みんな家族のように大切な仲間だ。両親がいないカリサは余計にそう思っているから、詫《わ》びられるなんて、水臭い。

だがイノ爺も、若い仲間は全部自分の孫のようなもので、カリサが毎日人間相手に口喧嘩をしなくてはいけないことを、愁《うれ》えている。

「サネルマは無駄に人と争うのは駄目だって言うけど、橋を架けようとしていた時くらい、痛い目見せてやって止めてもよかったぜ」

「でも、やっぱり駄目よ。人間は道具を使うでしょ、素手なら何十人束になってかかってきたって、私も負けない自信はあるけど。でももし、私たちが止める間もなくいっぺんにいろんなところで火でも使われたら、村がなくなっちゃう」

人との争いで、そうして殺された獣耳族がいるという怖《おそ》ろしい話を、カリサは大人たちから聞いたことがある。イノ爺も畑に出ている他の女性たちも、カリサの言葉に身震いした。

「ああ、いやだ、人間っていうのは。火なんて、必要な時に少しだけ使えばいいものなのに」

怯えと嫌悪感をあらわにする仲間たちに、カリサは慌てた。

「でも大丈夫、あのギルバートって奴なんか、全然、そんな大層《たいそう》なことできそうにないもの。

これまでだってこれからだって、あんな奴、一歩たりとも橋のこっち側に渡らせやしない」

どんなに出ていけと迫られたところでカリサには折れるつもりはないし、たとえ力ずくで入り込もうとしたって、ひょいと摘《つ》まみ上げて川に放り込んでやればおしまいだ。

「冬が来てみんなが狩りから帰ってくれば、その間は安心だし。私たちは私たちの仕事をしましょ、私、もっと水を汲んでくる！」

そう言って、カリサはそばにあったバケツをふたつ手に取ると、小川に向けて駆け出した。

「カリサは元気ねえ」

「ああ、明るいし、いい子だ。まだ若いのに、サネルマ様が頼りにするのもわかるぜ」

頼もしげな仲間の声が聞こえて、カリサは嬉しくて走りながら笑みを漏らした。

(絶対、人間なんかに屈してやらないんだから)

明日もギルバートの奴なんかさっさと追っ払ってやる。耳をぴんと立てて元気に走りながら、カリサは毎日の誓いを、また新たにした。

2

人間に売る薬がまとまった数になったので、カリサは街に行くことにした。

多少――いやかなり、気が重い。しかし子供たちや年寄りに押しつけるわけにはいかない。身振り手振りだけでも薬の売買はできるだろうが、人間たちが獣耳族《じゅうじぞく》を物珍しそうに、あるいは怯《おび》えて遠巻きにする様子も丸わかりだ。耳付きだの、尻尾《しっぽ》があって変だの、言葉がわからなくても嫌なことを言われているのは何となくわかるものだ。だから他の女たちに任せるのも、カリサは嫌だった。

「よし、行くぞ!」

自分を鼓舞《こぶ》して、薬包《やくほう》と薬瓶《くすりびん》を詰めたバスケットを手に、街に向かう。獣耳族の足なら、馬など使わなくても、街まであっという間だ。

カリサたちの暮らす村から、人間の街へと向かう道らしい道はない。最近はあの修道士がしょっちゅう馬を使ってやってくるので、獣道《けものみち》のような筋はできつつあるが。

橋を渡ってその向こうに続く草原を横切り、林の中を抜けると、やがて街の入口が見えてくる。街は塀《へい》などで囲まれていることもなく、ただ街の名らしき文字が綴《つづ》られた木の板が打ちつけられたところから始まる。

こちら側にはカリサたちの村しかないので目印は簡素なものだが、次の街に繋がる街道がある反対側には、もっと立派なアーチがあるらしい。一、二ヵ月に一度の割合で訪れても、カリサはいつも薬と細工物の問屋にしか行かないし、用事がすんだらさっさと帰るから、人間の街のことにはあまり詳しくないが。

問屋は街の中央部にある。ぽつりぽつりと粗末《そまつ》な民家が並ぶ路地を進んでいくうち、次第に人通りが増え、店の並ぶ、賑《にぎ》やかな市場に辿り着く。

「あら、あの耳付きの女の子、また来てるわ」

「こら坊主、無闇に近づくなよ。あいつらの爪と牙《きば》は狼みたいにすごいらしいぞ、おまえみたいな子供は頭から囓《かじ》られちまうぞ」

「見て見て、あの短い服! 脚を剝《む》き出しにして、恥ずかしくないのかしら」

「あの尻尾って、本当に体から生《は》えてんのかな。ふさふさじゃん、あの髪も、触ったら気持ちよさそう」

どいつもこいつも、好き勝手なことを囁き合っている。耳のいいカリサには、遠巻きに噂されたってその声がしっかり聞こえてしまう。

(気にしない、気にしない)

どうせ奴らは獣耳族に手出ししない。怖がって面白がって、それでおしまいだ。カリサにとっては気分が悪いが、それだけだ。

「おやお嬢さん、よく来たね」

薬の問屋のおじいさんは、カリサに好意的だった。壁一杯の薬棚に囲まれた店に入ると、カリサは少しほっとした。小さなカウンターの前でちょこんと座っている年老いた店主に、カリサはかすかに笑いかけた。

「こんにちは。前に頼まれた傷薬と、おなかの痛み止め、あと食欲がない時にいい気分になる匂い袋と、気分が悪くて倒れた時に使う気付け薬。揃ってるから、たしかめて」

「はいはい、いつも助かるよ。あんたたちの薬は評判がよくてね、いっつも取り合いだ。もうちょっと頻繁《ひんぱん》に来てくれてもいいんだよ」

カリサの渡したバスケットから、手際よく薬を出して確認しながら、店主が言う。

「でも、私たちの分も必要だから」

「そりゃそうか、ま、無理ない範囲でな。——はい、たしかに。代金を渡すから、ちょっと待ってくれ」

去年初めてこの問屋をサネルマと共に訪れた時は、正直、とても怖かった。人の目も、好き勝手に投げられる言葉も、いっそ牙を剝いて襲ってくる獣の方が可愛く見えるくらい。

だがこの問屋の主人はサネルマにも愛想《あいそ》よく、「あんたたちの薬はよく効くから助かるよ」

と笑ってくれた。

修道士というのが何なのか教えてくれたのも、この人間だ。世間話を出来る程度には、カリサも相手への警戒心を緩《ゆる》めている。

(私たちを追い出そうとは思ってない人間だって、いるんだ)

それがわかるから、少し気が重たくても街に来ることができる。

「それじゃこれ、代金だよ。東の油屋は今ちょっと値上がりしてるから、うちの店の前の通りを二本南に行った、袋小路の奥にある赤い屋根のランプ屋に行ってみるといい。質のいい蠟燭《ろうそく》をたくさん仕入れたって話だ」

「ありがとう、そうするわ」

代金を受け取ると、親切な店主に感謝して、カリサは薬問屋を後にした。店先で、渡された紙包みの中身をちらっとたしかめる。

(あ、いつもより、少し多い?)

二ヵ月ほど前に来た時、店主から「薬の量を揃えてくれたら、色を付けるよ」と言われたが、そのとおりにしてくれたようだ。

(いい人間もいるんだ、やっぱり)

今日は薬しか持ってこなかったが、細工物を買い取ってくれる店の女主人も、カリサには親切だ。繊細で珍しい装飾具や部屋飾りをうっとり眺め、もっとお願いねと熱心に頼み込んでくる。カリサを引き留めて、人間の少女たちが身につけるような無駄に布の量が多い服を着せようとしたり、化粧をすすめてきたりするのが、厄介《やっかい》ではあるが――。

（油と蠟燭が安く買えたら、前にサネルマ様が喜んでくれたチーズも買って帰ろう）

少し浮き立つ心で、カリサは薬問屋の店主に教えられた店に向けて歩き出す。走れば瞬《まばた》きする間に着いただろうが、人間たちが行き交う道では我慢する。

薬問屋から通りを二本分、南に進むと、急に人通りが途切れた。問屋より北側が大勢の客が行き交う通りで、南側はあまり繁盛《はんじょう》していない店が並ぶところらしい。人目にたくさん晒《さら》されるよりは、誰もいない方が歩きやすい。そろそろ走り出そうかとカリサが思った時、不意に、人影が目の前に立ちはだかった。

「うわ、マジに耳付きだ」

「薬だの宝石だのを売りつけに来てるって、本当だったんだな」

若い、目つきのよくない男が、五人。カリサは無視して進もうとするが、狭い路地に五人が拡《ひろ》がって、邪魔される。

「退《ど》いて」

「へえ！　オレらと同じ言葉を喋《しゃべ》りやがる！」

なぜかドッと笑い声が沸き立って、カリサは不愉快な心地になった。

男たちは全員服をだらしなく着崩し、斜《しゃ》に構えたふうに体を揺らしている。街の他の人間たちに比べて、何というか、品が悪い。

「退いてったら。そっちに用があるの」

「オレらも、あんたに用があるんだよ、耳付きさん。さっきの店で、金もらっただろ。それ、寄越せ」

――物盗《と》りだ。獲物を横取りする、狡《ずる》い奴らだ。

「嫌よ」

きっぱりと答えるが、カリサは身動きが取れなかった。突き飛ばすか蹴《け》り飛ばせば、五人がかりだろうと、カリサの行く手を阻《はば》むことはできないだろう。それでもためらってしまう。

(同い年の男の子たちと取っ組み合ったことはあるけど、人間に触ったことなんてないんだもの。軽く押しただけで死んじゃったり、骨が折れたりしたら、困るわ)

そうなれば、自分が争いの種になってしまう。

だから困って脚を止めたカリサに、男たちはにやにやと嫌な笑みをそれぞれ顔に浮かべた。

「獣野郎が街をうろちょろしてるって言うから、どんな気味悪いのが来てると思えば、可愛いお嬢ちゃんじゃん。見ろよ怯えちゃって、可哀想に」

ぎゅっと眉を寄せるカリサの表情が、彼らにはどうやら怯えているように見えるようだ。たしかに、殺してしまったらどうしようと、怯《ひる》んではいるが。

(骨くらいなら、いいんじゃないかしら。でも人間は、私たちよりずっと傷の治りも遅いっていうし……）

苛立《いらだ》ちに任せて試せば、きっと悪い結果になる。そう予感したので、カリサは素早く身を翻《ひるがえ》して、来た道を駆け戻ろうとした。

だが一人がカリサの前に両手を広げて飛び込んでくる。

「きゃ……！」

ぶつかって吹き飛ばして壁に叩きつけたら、死ぬかもしれない。カリサは慌ててまた動きを止めた。

「きゃ、だってよ、可愛いねえ」

男は面白がって、広げた両手でカリサを抱き寄せてくる。別の男がカリサの手から薬の売り上げが入った袋を取り上げようとするのに気づいた。

「嫌、やめて！」

「おい、そっちのバスケットも探れ！　こいつら珍しい石だの草だの、独り占めしてやがるんだ、隠し持ってるかもしれねえぞ！」

「やめてって言ってるでしょ！」

五人に一斉に体のあちこちを摑まれ、金やバスケットを奪われそうになり、カリサは悲鳴を上げた。

もう遠慮などせず、全員蹴り飛ばしてやろう。決意しかけた時、カリサが動くより先に、男の一人が叫び声を上げた。

「ぐあっ」

「えっ？」

まだ何もしていないはずなのに、一人が吹っ飛んで、壁に叩きつけられた。カリサは驚いて男の方を振り返る。

「てっ、てめぇ、何しやがる！」

他の四人も、一斉にカリサから吹き飛んだ仲間――その向こうにいる、六人目の男に目を向けた。

（やだ、まだ仲間が⁉）

四人の男たちは新たに現れた一人を敵視しているようなのに、カリサがついそう思ったのは、彼もなかなか柄の悪そうな出で立《いた》ちだったからだ。シャツはボタンを留めきらずに胸元を大きく開き、銀髪は手櫛《てぐし》で適当に梳《す》いたように乱れ、何より目つきが凶悪だ。他の五人の方が、大人しく見えるほどだった。

「そんなガキに寄ってたかって四人も五人も、見苦しいんだ、バカ。目障《めざわ》りだから俺の視界から消えろ」

「あぁ⁉　てめぇ、何様だぁ⁉」

――そこからは、あっという間だった。男は自分に躍《おど》りかかってくる四人の男の腹を蹴り、

顔に拳《こぶし》を入れ、頭の後ろに肘《ひじ》を落とし、背中を蹴って壁に叩きつけ、カリサが二度三度瞬きをするうちに、全員地面に倒してしまった。

「う……て……めぇ……」

男たちは気絶するか、痛みのあまり動けないようで、ただ呻《うめ》き声を漏らしている。

「ほら、行くぞ」

「えっ？」

ぽかんとそれを見ていたカリサは、急に手首を掴まれて、慌てた。

「軽くやっただけだから、すぐ起き上がる。人が来ても面倒だから、逃げるぞ」

「えっ、ちょ……」

強引に腕を引かれ、カリサは仕方なく男と一緒に走り出した。手を振り払い、男を置いて駆け去ることは簡単だろうが、どうやら助けてくれたらしいから、無下《むげ》にもできない。

いくつか道を逸《そ》れ、五人の男たちから離れたところで、ようやく男が戸惑うカリサの腕から手を離してくれた。男に倣《なら》い、カリサも脚を止める。

「ええと……助けて、くれたのよね？　あの、どうも、ありがとう」

人間に親切にされたら、されっぱなしではなく、態度や言葉で報《むく》いるべきだ。そう思ってカリサがぺこりと人間風に頭を下げると、男が楽しげな笑い声を上げた。

「な、何で笑うの？」

「あんたが朝と打って変わって、ずいぶんしおらしいからさ」

「……？　何のこと」

怪訝《けげん》な気分で、カリサは顔を上げ、男を見上げた。

高い背丈、細身の体、銀の髪、深い青色の瞳。

（何だか……見覚えが、あるような、ないような……？）

目を凝《こ》らしてじっと自分を見上げるカリサに、男はもう一度笑い声を上げると、片手で長い銀の髪を掻き上げた。

「こうすれば、私が誰なのか君でもわかりますか、カリサ？」

「……、――あ……ああ⁉」

髪を上げて剝き出しになった額《ひたい》、嫌味っぽい口調。

たしかにそれを見せてくれれば、カリサも相手の正体に気づいた。

今朝も橋の上で顔を合わせ、ひとしきり言い合いをした、あの男――。

「ギルバート⁉」

「はい、ご名答」

笑顔で拍手され、カリサの中に湧き上がってくる腹立ちからしても、間違いない。

「何、その格好！　いつものずるずる長くて暑そうな黒い服はどうしたのよ！」

「あれは教会の仕事の時にだけ着る修道服。今は休憩中だから楽な格好。あの服、肩が凝るんだよな」

そう言って、ギルバートはひとつ大きな欠伸《あくび》をした。眠たそうだ。

「……もしかして、あんた、そっちが、素？」

毎日馬鹿正直に決まった時間にやってきて、毎日同じような言葉しか言わない、嫌味な上に融通《ゆうずう》が利かない、話の通じない人間の修道士。

そんな姿よりも、今のギルバートの方が、カリサにはどうもしっくりくる。

カリサの質問に、ギルバートはニヤッと口許《くちもと》で笑うことで答えた。

それがあまりにいい笑顔だったので、カリサはたまらず、弾《はじ》けるように笑ってしまった。

「何それ、おっかしい！　あんた、変な人間ね！」

橋の上で顔を合わせるいけすかない修道士よりも、今のギルバートの方が、ずっとおもしろい。

「変とは失礼な、恩人に対して」

大仰《おおぎょう》に不満そうに言う様子も、おかしかった。まったく憤《いきどお》ってなんていないくせに。

「あら、ごめんなさいね。助けてくれてありがとう、さっきも言ったけど」

「素直でよろしい」

取り澄まして言ったカリサに、ギルバートが偉そうに言う。カリサはまた笑ってしまった。

「でも、いいの？　教会の修道士っていうのは、他の人間の規範にならないといけない立場なんでしょう？」

「よくない、だから逃げたんだ。今度喧嘩したのが見つかったら、ハイド神父に朝までお説教を喰らう」

「仲間にも内緒なの？　あんたのこういう格好」

「いや、知られてるからやばいんだよ。子供の頃にさんざん悪さして、でも二年前には心を入れ替えて、敬虔《けいけん》で禁欲的で真面目な修道士になると誓ったはずなんだから」

そう答えるわりに、ギルバートはちっとも悪怯《わるび》れていない。

「でもまあ、あいつらを放っとくわけにはいかないな、一度教会に戻って着替えてから取り締まるか。カリサも早く村に戻れよ、また変な奴に絡まれないうちに」

「……びっくりした、あんなふうにお金を取られそうになったの、初めてだったから」

今さらになって、カリサは自分がショックを受けていることに気づいた。

街の人間にいくら遠巻きにされたり、嫌悪や好奇の目を向けられたり、好き勝手な噂話をされたりしても、直接嫌がらせを受けたことはない。

好意的に接してくれる人間もいるから、先刻の男たちに明らかな悪意を向けられたことが、急に怖くなった。

「くだらないごろつきだ。たまたまカリサが金を持っているのをみかけて近づいてきたんだろうけど、あいつらは相手が誰だろうが人のものを掠《かす》め取ろうとするクズだよ。——気にするな」

ギルバートから軽く、背中を叩かれる。それで恐怖がだいぶ薄れたことが、カリサには不思議だった。

(私が『耳付き』だからじゃない……って言ってくれてるのかな)

相手が誰だろうと、というギルバートの言い回しに労《いたわ》りを感じて、カリサは口許をゆるめた。

(何よ。いい奴なんじゃない、この人間も)

自分たちを追い払おうとばかりしてくるので、すっかり敵視していたが。

少なくとも、カリサの危機を見れば助けてくれるくらいには、親切な人間だ。

「最近、少し街の治安が悪いんだよな。さっきのも、俺の顔も知らなかったし、余所《よそ》の街から流れてきた奴かもしれない」

「この街に元々住んでる人なら、あんたが本当はごろつきみたいに柄が悪いっていうことは知ってるの？」

「俺はごろつきじゃない、元ごろつきだ。悪ガキを卒業してからは、盗みはもうやってないぞ」

「それは立派ね。私も、人の物を盗む奴は大嫌いよ。言えば分けてあげるのに、掠め取ろうとするなんて馬鹿だわ」

「……って、さっきの奴らにも、頼まれたら金を分けてやるつもりだったんじゃないだろうな？」

「もしもうんと困っていて、そのお金がなければ死んでしまうとかだったら、そうしたかも。人間にも優しい人はいるし、仲間じゃないからって見捨てられないでしょ」

「おいおい……」

ギルバートが、呆れたように自分の額を手で覆《おお》った。

「ちょっとお人好しすぎるぞ。さっきだって、獣耳族のあんたなら、五人いようが人間の男なんて軽く吹っ飛ばせただろうに、やらなかったのは、あいつらを思い遣《や》ってか？」

「それは違うわ、さすがに。単に加減がわからなくて、うっかり怪我をさせたり殺しちゃったりしたら、何て言うか、あなたたちとの外交問題になっちゃうなあと思って……」

「まあ、それならいいんだけどな」

いいのかしら、とカリサは不思議になった。ギルバートにとっては、仲間である他の人間がカリサによって傷つけられても、構わなかったというのか。

「うーん、しかしなあ……」

ギルバートは少し考え込む顔になり、顎《あご》に手を当てて、カリサを見下ろしてくる。

カリサは何だか居心地が悪くなって、ギルバートから顔を逸らした。そうじろじろと見ないでほしい。

「――よし。あんた、次に街に来る時は、朝のうちに俺に言え。街の入口で待っててやるから、店に行くなら一緒に行こう」

「え、どうして？」

「護衛だよ、護衛。さっきのみたいな手合いがまた来たら、困るだろ。カリサが人間をやっつけて『外交問題』になるより、俺がああいうのをぶちのめして逃げた方がいい」

「修道士が人間をぶちのめして、大丈夫なものなの？」

「大丈夫じゃないから、修道士だってバレないように、またこの格好で来るさ。まああんまり目立って教会の奴らの耳に入ったら面倒だから、なるべくぶちのめさずに、カリサの傍《そば》で睨《にら》みを利かせるだけにしておくけど」

ギルバートがついてきてくれるのなら、心強い気がする。正直、さっきのような男たちがまた近づいてきたらと想像すると、カリサは心が重たくなる。ただでさえ、街に来るのは気が進まないのに。

「……本当にいいの？　あんた、私たちを村から追い払いたいんでしょう？　私たちの暮らしを助けるようなことをして」

「移住を勧めてるのは、教会からそう交渉するよう頼まれてるからだよ。仕事だから。俺は別に、カリサたちがあの土地に住んでいても何も困らない」

「何それ」

ギルバートの言い分に、カリサは呆れた。仕事だから、自分では思ってもいないことをカリサたちに押しつけてくるなんて、それはそれで頭にくる。

頭にはくるが――ギルバートが自分たちを疎《うと》んじて追い出そうとしているわけではなかったと知ると、気分は軽くなった。

「この街がどんどん発展しているおかげで、余所者も流れてきて、教会の目が行き届かなくなってきてる。騒ぎが起これば、教会側の責任にもなるしな。それにもし勢い余って人間を傷つけたら、問題になるならない以前に、多分あんた、落ち込むだろ？」

「……う……」

ギルバートの見立ては正解だ。カリサは別に、人間を憎んではいない。無闇に傷つけたくないから、先刻も困っていたのだ。

「俺もあんたも積極的に問題を起こしたいわけじゃない。だから協力して、滞《とどこお》りなくあんたが街での用事を済ませられるようにする。どっちにも損はない話だろう？」

たしかに、ギルバートの言うとおりだ。

カリサは少し考えてから、頷いた。

「わかった、じゃあ、お願いする。でも、恩を売って、立ち退きさせようなんて思わないでよね」

「はいはい、それはそれ、これはこれ。街の治安を守るのも修道士の仕事だ、給料分働けば、教会も俺に文句はないはずだ」

——そういう流れで、カリサは次に街に来る時から、ギルバートに守られることになった。

何だか予想もしていないおかしなことになっちゃったな、と思いながら、カリサの気分は悪くなかった。

（だって、あいつ……ギルバート、何だかおもしろいんだもん）
朝のギルバートより、街で会うギルバートの方が、ずっといい。
だからカリサは次に街に来る日が、少し楽しみだった。

3

次の月に、カリサが細工物を持って街に来た時、あらかじめ約束した通り、ギルバートが街の入口で待っていた。

「修道士って、暇なの？」

ギルバートはまたごろつきみたいに柄の悪い格好だ。朝の修道服からわざわざ着換えてきたらしい。

「退屈ではあるな」

カリサと並び、市場のある方へと進みながら、ギルバートが答える。

「畑仕事だ養蜂《ようほう》だ掃除だ洗濯だ食事作りだって、体を動かしてられるのはいいんだけどな。教えは百年二百年と変わらないもんだから、毎日同じ手順で礼拝をして、黙想《もくそう》して、教えの本を読んで、祈って、祈って、祈って、祈って、祈って――」

「ふうん、本当に、退屈そうね」

カリサは神様の教えとやらがどんなものかわからないし、自分に関わりもないので、ケチをつける気はない。ただ、ギルバートは、あんまりそういう仕事に向いていないんじゃないかしらと思った。

「なのにどうして、修道士になったの？」

「それはまあ、あれだ。尊敬する人が誘ってくれたから、ごろつきでいるよりいいかと思ってさ」

「ハイド神父って人？」

何となく覚えていた名前を口にすると、ギルバートが嬉しそうに笑った。そうやって笑うと少し子供っぽくて、なぜかカリサはどきっとした。

「そう。俺は子供の頃に家族をなくして、教会の運営する救貧院《きゅうひんいん》に放り込まれたんだけど」

「救貧院……」

「教会が寄付金を集めて、身寄りのない子供を育てるための家。環境はまあ劣悪《れつあく》で、まともに学校にも行ってないようなガキがわんさと集まるから、毎日喧嘩ばっかりだ。おかげで外に出れば、救貧院育ちだって敬遠される」

「同じ人間同士なのに？」

カリサたちは、親を失った子供がいれば、誰でも我が子と同じように面倒を見る。カリサもそうしてもらって、そうしてやって、今まで生きてきた。

不思議になって問い返したら、ギルバートが少しだけ困ったように笑った。カリサはまたどきりとした。

「仲間だと認めてもらえないから、だな。動物だって、群れからはぐれて親から餌《えさ》をもらえずに痩《や》せ衰《おとろ》えた赤ん坊は、淘汰《とうた》されるだろ。それと同じ」

「動物はそうかもしれないけど、私たちはそんなことしないわ」

「ああ、だから俺は、人間があんたたち獣耳族《じゅうじぞく》を怖がったり小馬鹿にする理由がさっぱりわからないよ。獣より人間より、ずっと愛情深くて優しいのに」

「そ……そうよ、よくわかってるじゃない。だったら毎朝律儀《りちぎ》に橋に来て、出ていけ出ていけって言うことないのに」

「ハイド神父の頼みじゃ、俺は嫌だと言えない」

「神父っていうのは、修道士より偉い、教会を纏《まと》めてる、長《おさ》みたいな人なのよね？」

「自分より偉い人に言われたからってわけじゃないからな。ハイド神父は、悪さばっかりしてるクソガキだった俺にいろんなことを教えてくれた人だ。その人を手伝いたくて修道士になったし、その人に頼まれたから交渉役を引き受けた。俺にとっては親代わりのような存在だから、役に立ちたいんだ」

「ふーん……」

自分にとっての、サネルマのようなものだろうか。両親のこともずっと大好きで尊敬しているけれど、サネルマの言葉はカリサにとって重要だ。彼女は村の誰よりも長く生きて、誰よりも知識を持ち、誰よりも優しい。彼女の頼みなら何でも叶えたいと思うし、助けになりたい。カリサはいつか、彼女のような思慮深い大人になりたいと願っていた。

「じゃあギルバートは、自分が追い出したいとは思ってなくても、私たちが出て行かなかったら、困るの？」

「俺が頼まれたのは立ち退《の》いてほしいっていう要求を伝える役で、立ち退かせろとは言われてないから、困りはしないな」

平気な顔で、ギルバートが言う。カリサは呆れていいのか、喜んでいいのか、よくわからなかった。

「何だか屁理屈《へりくつ》みたいね」

「カリサたちは俺に感謝するべきだぞ？　交渉の担当が別の奴になったら、もっと強引な手段とか、終わりを知らない説教とかで、圧力を掛けるかもしれないし」

その口調で、カリサは気づいた。ギルバートはもしかすると、自分から交渉役を買って出ているのではないだろうか。

毎日堂堂巡りのような言い争いを続けているのも、わざとなのかもしれない。

「何だか私、あんたの掌《てのひら》の上で踊らされて、馬鹿みたい」

「そうか？」

「だって私は本気で怒って言い返してたのに、そっちは本気で出て行かせる気がなかったってことでしょ。私が意地になってるの見て、内心笑ってたんじゃないの」

「まさか。俺は単純に、楽しかったよ。あんたは元気で可愛いからな」

「な……っ、な、な、何言ってるの⁉」

可愛い、などと言われて、カリサはうろたえた。

そんなの、大人たちから小さい頃にはよく言われていたけれど、ギルバートくらいの歳の人に言われたことはない。

しかもギルバートは、人間の、男なのに。

「願わくは、喧嘩じゃなくてもっと穏便《おんびん》に話をしたいと思ってた。だから今は仲よくしようぜ、カリサ。今日は俺はただの護衛、修道士はお休み」

笑いかけられて、カリサは機嫌を損ねたふりでそっぽを向いた。目許《めもと》が赤くなってしまった気がして、それをギルバートに見られたくない。

「まあ、せいぜい、ちゃんと私のこと守ってよね」

「仰《おお》せのままに」

ふざけた言葉で返事をするギルバートを、カリサは横目で睨む。ギルバートの方は楽しそうに笑っているので、やりづらいったらなかった。

◇◇◇

ギルバートがついてきてくれたおかげか、カリサは何のトラブルもなく細工物を人間に売ることができた。

（たまたま、あの変なごろつきたちがいなかっただけかもしれないけど！）

あんな目に遭《あ》ったのは、前回が初めてだ。ギルバートの護衛など必要なかったかもしれない。

けれどもカリサは次もまた護衛するからとギルバートに言われて、「好きにしたら」と突慳《つっけん》貪《どん》な態度で了承した。

次の日の朝には、いつもどおり、修道服を着たギルバートが橋の上に姿を見せた。

「おはようございます、カリサ」

「もうあんたの本性なんてわかってるんだから、その嫌味で気障《きざ》ったらしい言葉遣い、やめたら？」

街で会う時とは打って変わって、きっちり髪を整え、服にも乱れるところのないギルバートの姿がおもしろくなくて、カリサは橋の真ん中に立つ相手のそばに近づきながら、開口一番言ってやる。

「そうか？」

ギルバートはあっさりと、真面目で温和そうな笑顔を崩し、首の横を掻《か》いた。出で立《いた》ちは変わらないのに、あっという間に、真面目な気配が吹き飛ぶ。

「でも他の教会の奴らには内緒だぞ、ただでさえ俺を目の敵《かたき》にする奴がいるんだ」

「言うわけないでしょ、あんた以外の修道士に知り合いなんていないもの。っていうか、目の敵って？」

「救貧院出なのに生意気だと嫌味を言われたり、やろうとした仕事を横取りされたり？」

「大人になってもそんな諍《いさか》いをするのね、人間って」

呆れるカリサに、ギルバートが肩をすくめる。

「カリサたちは、いがみ合ったりしないのか」

「しないわ。そりゃ、ちょっとしたことで喧嘩が起こらないなんて言わないけど、すぐ仲直りするわよ。気に入らない相手がいれば、どっちが走るのが速いかとか、どっちが器用かとかで勝負して、後に引《ひ》き摺《ず》るのはルール違反よ」

「シンプルでいいな、あんたたちは」

溜息をついたギルバートに、カリサは眉間《みけん》に皺《しわ》を寄せた。

「馬鹿にしてる？」

「いや。……本当に、そう思ってるんだよ」

ギルバートが少し困ったように笑うので、カリサにはそれ以上責めることができなかった。

よほど嫌な目に遭ってきたということだろうか。

「――ねえ、朝ごはん、食べた？」

「じゃあちょっと、待ってて。すぐに戻ってくるから、ちゃんと、待っててね」

「え？　いや、まだだよ」

「おい、カリサ――」

カリサはギルバートの返事を待たず、ぱっと身を翻《ひるがえ》すと風のように駆け出した。自分の家に戻って、大急ぎで朝食の支度をする。夜に食べた分の麵麭《パン》と肉が残っていたので、手早くそれをまとめて大きな木の葉で包み、バスケットに詰め込んだ。ついでに、目についた果実もいくつか。

バスケットを手に、カリサは大急ぎで橋に戻った。ギルバートはちゃんと待っていて、暇を持て余していたのか、欄干《らんかん》に凭《もた》れて川の流れを眺めている。

「お待たせ」

息を切らせることもなく、カリサはギルバートの隣に滑り込み、バスケットを突き出す。

「朝ごはん、食べましょ」

「え……あ、ああ」

ギルバートは突然突き出されたバスケットにか、音もなく走ってきたカリサにか、それとも言われた言葉にか、面喰らったように目を丸くした。カリサはそれで、ちょっと気分がよくなる。

「よいしょっと」

カリサは自分の胸の辺りまで高さのある欄干に手をかけると、身軽にそこへ飛び乗り、腰掛けた。

「ギルバートも、座ったら?」

人間には少し難しいかもしれない。そう思いながら、半《なか》ばからかうようにカリサが言うと、ギルバートは軽く眉を上げてから、「よっ」と声を出してカリサの隣に座った。なかなか身軽な動きだった。

「なぁんだ、勢い余って川に落ちたら、助けてあげて恩を売ってやるつもりだったのに」

「悪いな、そんなに鈍《にぶ》くはないんだ」

「ほらこれ、食べて」

カリサは持ってきた葉包みをギルバートに渡した。ギルバートは少し不思議そうな顔をしていたが、何も言わずそれを受け取り、「神々の恵みに感謝いたします」と呟いている。

「神々とかいうのじゃなくて、私《カリサ》とおひさまとすべての自然の恵みよ」

ケチをつけたら相手は気を悪くするだろうかと思ったが、カリサはついそう口にした。ギルバートはなるほど、というように頷いて、「カリサとおひさまとすべての自然の恵みに感謝いたします」と付け足してから、葉の包みを開いた。素直に言うと思わなかったので、カリサはおもしろい気分になった。

「ん、うまいな」

それから麺麭を頬張ったギルバートが驚いたように言うので、にっこりする。

「でしょう？　本当は麺麭は焼きたて、肉は捌《さば》きたてのうえに焼きたてなのが一番おいしいんだけどね。いつもは何を食べてるの？」

「朝は豆のスープと、これよりずっと固くてボソボソした麺麭だな」

「足りないんじゃない、それだけじゃ。いいわ、明日から、毎日朝ごはんを持ってきてあげる」

「そりゃ嬉しいが、俺とあんたは一応立ち退きに関して対立しあってる関係だと思うんだけど、いいのか？」

「だっておなかは空くでしょ。喧嘩するならごはんを食べながらすればいいのよ。私、朝はひとりでごはんを食べてるの。それじゃ寂しいから、誰かいたらなあって思ってたんだ」

「仲間と一緒に食べないのか？」

「お昼と、たまに夜はね。私はこの橋からちょっといった……ほら、あの丘の上の家で、街の方から人間が来ないように見張ってるの」

カリサが指さした方を見て、ギルバートはぎゅっと目を細めている。

「うーん、全然見えないな」

そういえば人間って奴は、自分たち獣耳族より、耳だけではなく目も悪いのだったと、カリサは思い出す。

「長様《おさ》はそこまでしなくても大丈夫って言ってるんだけどね。万が一にもあんたたちが大勢押しかけて襲ってくるようだったら、武器の匂いですぐわかるもの」

「俺やハイド神父は、絶対にそんなことはしないけどな」

「された村があるっていうのは子供だって知ってる。その子供たちを不安にさせたくないし、どうせあんたは毎日来るし、すぐに迎え撃てる場所にいなきゃって思ってたの」

カリサがひとりで暮らすようになったのは、ギルバートがここに訪れるようになった、一年前からだ。大人たちがいない間は、サネルマの負担を減らすためにも、自分がみんなを守らなくては。そう気負って、一緒に住もうと言ってくれるサネルマや他の仲間の言葉を断って、あの家を準備したのだ。

「ひとりの食事は、俺が原因か。悪いことしたみたいな気になるな」

「だからつき合ってよ。あんたはおいしい朝ごはんをおなかいっぱい食べられて、私は寂しくないから、両方に利益があるでしょう?」

そう言うカリサをギルバートがじっとみつめてから、破顔《はがん》した。

「あんたはおもしろいな、カリサ」

「なぁに、馬鹿にしてる?」

「してない。よし、じゃあそうしよう。俺はお茶を持ってくる、教会の料理はいまいちだけど、茶葉だけはいいやつが揃ってるんだ」

「きまりね！」

どうせ、朝ごはんはしっかり食べなくてはならないものなのだから。

◇◇◇

それからカリサは朝に顔を合わせるたび、橋の上でギルバートと食事をとることになった。

自分ひとりなら、いつも同じ麺麭と肉と果物でよかったけれど、人にも分けるのだからと工夫が必要になって、楽しかった。今日は人間の奴が追い出しに来るから追い返してやると怒りながら目を覚ますより、今日はギルバートに何を食べさせようかなと考えながら起きる方が、一日がずっと楽しい。

カリサが街に行った時には、朝ごはんのお礼だと言って、ギルバートが市場の食べ物を買ってくれるようになった。

「お茶をもらってるんだから、お礼なんていらない」

最初にギルバートから「何が食べたい？」と聞かれた時、カリサはそう断ろうとした。

「お茶は街の人からの寄付でもらってるもので、俺の懐《ふところ》が痛まないからな。ちゃんと労働で得た対価を使わせてくれ」

だがギルバートも、引かなかった。

カリサもちゃんと人間の通貨を持っているが、これは自分だけではなく、他の仲間が作ってくれた薬草や細工物の売上金も入っている。お金は村の暮らしをよくするために使いたいので、カリサは今まで街で自分の買い物をしたことがなかった。

「カリサだって、自分で収穫したものや、加工した食料をふるまってくれてるんだろ。もらいっぱなしじゃ落ち着かない」

重ねてギルバートがそう言うので、素直に買ってもらうことにした。

市場に並んだ食べ物はどれもこれもおいしそうで、カリサが食べたことのないようなものばかりだ。特に甘いお菓子に心が惹かれた。カリサたちは果実そのものの甘味を楽しむことはあるが、養蜂はやっていないから蜂蜜は使わず、植物から砂糖を取り出して麺麭に加えたり、お茶に入れたりすることもない。人間のように家畜も飼っていないからミルクやチーズは滅多《めった》に食べられず、ましてや甘く泡立てた生クリームなんて、生まれて初めて口にして、全身が蕩《とろ》けそうになってしまった。

そのうえどれもこれも色とりどりで、見ているだけで楽しい。

「何これ、甘い！　ふわふわ！」

屋台で買った、甘い麺麭のようなものに果物を乗せ、生クリームと、とろとろしたチョコレートソースをかけたものが、取り分けカリサの気に入った。嬉しくて飛び跳ねたい気持ちではしゃいでいると、ギルバートが笑って見ていることに気づいて、カリサは慌てて真面目な顔で取《と》り繕《つくろ》う――ということの繰り返しだった。

だんだん取り繕うのも面倒になってきたので、三回目の今日は、もうはしゃいだままでいることにした。

「村でも、砂糖を作ってみようかなあ。でも、いちからやり方を考えたりするんじゃ、時間がかかって仕方がないから、やっぱり人間が作ったものを買うか、何かと交換してもらうのがいいのかな」

そして気になるのは、自分だけ珍しいものを食べているという、後ろめたさだ。こんなに甘くておいしいものなら、仲間たちだって食べたらきっと喜ぶだろうに。

「いくらかまとめて、安く買えるところを探しておいてやるよ。この街じゃあんまり砂糖を作ってないけど、たまに余所《よそ》から商人が山のように運んでくる時期があるんだ」

「ほんと？　嬉しい！」

お礼を言おうとしたカリサは、ギルバートがまた自分を見て笑っていることに気づいて、むっと眉根を寄せた。ギルバートはしょっちゅう、カリサを見ては笑いを零《こぼ》している。それが何だか落ち着かなかった。

「あんたって、どうしてそう、私を見ては笑うのよ」

「いや――カリサが喜ぶと、耳がぴこぴこ動くのが、可愛くってな。つい」

「……っ」

もしかしたら、獣耳族である自分の態度が、人間から見たら滑稽《こっけい》なんだろうか。そう言われ

たら、怒って顔を爪で引《ひ》っ掻《か》いてやる、とカリサは身構えていたし、実際ギルバートは予想と同じことを口にした気がするのだが——どうしてか、腹は立たなかった。頭に血が上ることには変わりがないが、怒りとはまた違う理由で、顔が熱くなる。

「その尻尾《しっぽ》も。獣耳族の尻尾は感情表現が豊かだって聞くけど、本当なんだな。……って、怒るなよ、馬鹿にしてるわけでも、からかってるわけでもないぞ？」

そっぽを向くカリサの態度を、ギルバートは怒ったせいだと思ったらしい。赤くなった顔を見られるのが恥ずかしいからそうしていると知られるよりも、怒っていると誤解された方がいい気がしたので、カリサは相手から顔を背《そむ》けたまま何も言わない。

「元気なカリサを見てると、楽しいんだ。あんたほどうまそうに何か食べる奴も、楽しそうに歩く奴も、明るく歌う奴も、他に知らないから」

「……私、歌ってた？」

その自覚はなかったので、カリサがおそるおそる訊ねると、ギルバートに大きく頷かれてしまった。

「綺麗な声で、いい歌を。獣耳族の言葉みたいだから意味はわからないけど、俺まで歌いたくなるような響きだ」

「うああ、もう、恥ずかしい」

ギルバートの前で、カリサはすっかり油断していたようだ。もともとカリサたちは歌うのが好きな獣耳族で、仲間といる時はしょっちゅう声を合わせて歌ったり、踊ったりしているけれど、人間の前で無防備にそんな――ご機嫌な様子を見せるなんて。

すっかり、ただの友達だ。

(顔の横に毛の生えてない耳のついた友達なんて、初めて)

薬問屋の店主や、細工物を買い取ってくれる小間物店《こまものてん》の女主人とも挨拶《あいさつ》と少しの世間話くらいはするが、顔見知りであって彼らは友人ではない。ギルバートほどたくさん話す人間は初めてだ。

街を歩いていれば、やはりカリサをじろじろ眺めたり、怖がって遠巻きにしたりする人間は後を絶たない。だがギルバートが隣にいれば、カリサはそんなこと、ちっとも気にならなかった。

ギルバートの護衛を受け入れて、大正解だったのだ。

(お金を盗《と》ろうとした嫌な人間もいるけど、ギルバートみたいな変な……優しい……？　人間も、いるんだ)

それはカリサにとって、なかなか嬉しい知見《ちけん》だった。

4

「――そう。そんなに、その人間と親しくなったんだね」

サネルマの夕食に招かれ、彼女と二人でテーブルを囲みながら、カリサはギルバートとのことを話した。

いつものように穏やかに微笑《ほほえ》んでいるサネルマの表情と声音が、どこか硬い、受け取りようによっては不機嫌にも感じられるものだったので、カリサは驚く。

「いけなかったでしょうか……」

ギルバートと街で過ごした今日のことが楽しくて、売上金とその一部で買った油を届けるついでに夕飯に招かれた今、ついあるがままに話してしまったのだが。

「いけなくは、ないけれどね」

ギルバートが申し出てくれた護衛のことも、朝一緒に食事を取っていることも、カリサは今日までサネルマに話していなかった。自分たちを追い出そうとしている人間と仲よくしていると告げたら、サネルマや他の仲間たちはあまりいい気分はしないかもと思って、言い出しづらかったのだ。

「あの、ギルバートは親切で、いい人間なの。他の人間みたいに、私の尻尾《しっぽ》や耳をじろじろ見たりしないし……ううん、たまにじっと見てる時はあるんだけど、何て言うか、嫌な感じがしないし。それにさっきも言ったけど、悪い人間から助けてくれたんです」

だんだんギルバートのことがわかってきて、それを伝えればきっとサネルマも笑って受け入れてくれる。そう思っていたのに、思いのほか冷たい反応をされて、カリサはうろたえた。

「修道士っていうのは、神様とかいうのが見守っているから、悪いことは決してできないって言うし……」

「それは違うよ、カリサ」

窘《たしな》めるように、サネルマが言う。

「修道士や神父っていうのは、単に立場や職業を表す名前だ。いい人間であることを保証する言葉じゃない」

「でも、教会に勤めている人は、街の治安を守ったりする役目も負《お》ってるって」

「表向きはね。だがしょせん人間は人間だ。いや、正しいことを言っているふりをしている分、他の人間よりもたちが悪いかもしれない。神父っていうのは真面目といえば聞こえはいいけど、ただただ融通《ゆうずう》が利かなくて、頭でっかちで、嫌味な輩《やから》で――ッ」

「サ、サネルマ様……？」

険《けわ》しい顔で吐き捨てるように言うサネルマに、カリサは驚く。

サネルマはカリサの知る限り、いつでも公平で、間違ったことをした仲間を厳しく叱ることはあっても、決して頭ごなしに悪く言うようなことはなかった。人間に対しても、他の大人たちが「あんなやつら、引っ掻《か》いて追い払えばいい」と乱暴なことを言うのに眉をひそめ「そんな物騒《ぶっそう》なことを言うもんじゃないよ」とやんわり窘めていたのに。

目を丸くするカリサに気づいたのか、サネルマがはっとした顔になって一度口を噤《つぐ》み、誤魔《ごま》化《か》すように、手伝いのアネッタが作ったスープを口に運んだ。

そんな落ち着きのない村長《むらおさ》の姿を見るのも初めてで、カリサは少し途方に暮れる。

「ごめんなさい……あの、私、もうギルバートと会わない方がいいでしょうか？」

「――会わないわけにはいかないだろう。その人間が立ち退《の》きの交渉に来る限り」

「ええと、これもさっきも言いましたけど、ギルバートは別に私たちを追い出したいと思っているわけじゃないんです。ただ、尊敬する偉い神父っていう人に頼まれたから、話し合いに来てるだけで」

「……ハイド」

アネッタお得意の香草入り麺麭《パン》を爪で一口大にちぎりながら、サネルマがぼそりと呟く。

「あ、そうです、ハイドっていう神父……？　に、頼まれたって言ってました。サネルマ様も、その人間のことご存じでした？　うんと以前は、その人がギルバートみたいにこの村へ来てたっていうし」

　最初はハイド神父がときどきここに「交渉役」として足を運び、移動をすべきだと主張しに来ていたのだと、ギルバートから聞いた。カリサの方は、去年サネルマに説明されるまで、そんな人間が来ていたことも知らなかった。子供たちを不安にさせないよう、サネルマたち大人が対応して、子供たちには言わずにいたのだ。

「ああ、思い出したくもないがね」

　サネルマは短く呟いただけで、それ以上は何も言おうとはしない。

　それでカリサには、彼女がハイドという人間のことをよく思っていないのだろうと察した。ずいぶんと嫌っている。

（当然か、そもそもその人間が、私たちをここから追い出そうとしてるんだから）

　ギルバート自身はそんな気がなく、今ではせいぜい朝ごはんを食べながら「一応言っておくけど、俺は立ち退き交渉に来たんだからな？」と念を押すくらいだ。「言っておかないと、何しに来たのか自分でも忘れて、ハイド神父にうっかり『カリサの料理は今日もうまかったです！』って報告しちまいそうだ」と笑うギルバートに、カリサの方も「私も一応言っておくけど、絶対に出て行かないからね」と言い返して、『交渉決裂』だ。そんな調子なので、カリサは直接自分たちを追い出そうとやってきているはずのギルバートを嫌うことなんて、とてもできなかった。

だからサネルマがハイドに対して悪い印象を持っていることに、思い至らなかったのだ。

「……カリサ、よく聞きなさい」

もしかしたらサネルマはハイドにひどいことをされてきたのかもしれない。それに思い至らなかった自分が情けなくて俯《うつむ》くカリサに、サネルマが呼びかける。

真面目な村長の声音を聞いて、カリサは反射的に背筋を伸ばした。

「はい」

「あまり、そのギルバートという人間に肩入れをしてはいけないよ。人間は結局、私たち『耳付き』とは相容《あいい》れない。暮らしぶりも、信じているものも違う。わかりあおうとしたら、悲しい目に遭《あ》うだけだ」

「……そんな……」

そんなことはない、と言い返そうとして、カリサは口を噤《つぐ》んだ。

サネルマの方が自分よりずっと長く生きていて、たくさんのことを知っている。そういう彼女が真面目に話してくれていることを、真っ向から否定できる自信が、カリサには持てなかった。

「お互い利用できるところがあれば、利用しなさい。対等でいるのが肝要《かんよう》だ。いつ離れても自分が失うものがないよう、間違ってもその相手がいないから悲しい、寂しい、腹立たしい――そんな気持ちを感じる日が、来ないように」

サネルマの言っていることは、カリサには難しくてよくわからない。わからないままでは頷けない。だから俯いて無言でいると、サネルマが小さく溜息をついた。

「おまえはよく働いてくれるし、気も利くから、つい大人のように扱ってしまっていたけれどね。まだまだ子供だ。丘の見張りと、街へ行くのは、アネッタにでも替わってもらった方が……」

「嫌！」

反射的に、カリサは顔を上げて声を上げた。

「嫌です、だって、その……あ、あれは、私の仕事だもの。取り上げないでください、私、今までだってちゃんとできていたでしょう？」

ギルバートに会えなくなる。一緒においしいものを食べたり、街を歩いたりできなくなる。

（そんなの嫌）

村長の言うことに反論できない。そう思ったばかりなのに、カリサはどうしても耐えられず、必死の思いでサネルマをみつめた。

「他の大人たちがいない間、サネルマ様をお助けして、村の役に立つよう、頑張ってるんです。今それを別の人に替わられたら、私が役立たずだったってことになっちゃう」

本当はそんなこと、どうでもよかった。役立たずだと仕事を奪われたら、他にできることを探せばいいだけだ。

なのにそれを言い訳にしたのは、ギルバートに会えなくなるのが嫌だと訴えたら、サネルマは余計に自分を彼から遠ざけそうな予感が、カリサにはしていたからだ。

サネルマがもう一度、溜息をついた。

「そうだね……悪いことを言った、カリサ。おまえは充分よくやってくれているし、助かっているよ。決して働きぶりに不満があるわけではないから、そんな顔をしないでおくれ」

カリサは泣きそうだったが、サネルマに宥《なだ》められて、どうにか堪える。

小さく洟《はな》を啜《すす》るカリサを見て、サネルマが仕方なさそうに笑った。

「まあ、私があれやこれやと口を出すことではないのかもしれないね……喜びも悲しみもカリサ、おまえ自身のものだ」

サネルマの言う意味は、やはりカリサにはよくわからない。

「明日からも、人間の相手を、よろしく頼むよ」

ただ、そう言われて、心からほっとしたのだった。

◇◇◇

またしばらくして、街に行く用事ができた時、自分を待ち構えていたギルバートの姿を見てカリサは首を捻《ひね》った。ギルバートはいつものような着崩したシャツではなく、朝会う時のような、修道服を着ていたのだ。髪もきちんと整えている。

「着換えてこなかったの？」

ギルバートに護衛してもらうために、最近カリサが街に足を運ぶ時は、彼の休日に合わせるようになっていた。ギルバートが橋に来ない日に、街で会うという按配《あんばい》だ。だから今朝、カリサはギルバートの姿を見ておらず少し寂しかったが、街で会えるのがそれ以上に楽しみだったのに。

「もしかして、仕事？　もうじき大きな祭りがあるって言ってたもんね」

ギルバートたちの神様の何かをお祝いする祭りがあるというのは、カリサも知っていた。先月街に来た時、人間たちが少し浮かれた様子だったのが不思議でギルバートに訊ねたら、祭りがあると教えてくれたのだ。

祭りになれば街を飾り立て、たくさんの料理が振る舞われ、歌ったり、踊ったりと、昼夜三日ほど賑《にぎ》やかになるという。教会が中心になって行う祭りだから、修道士であるギルバートも忙しくなってきたのだろう。

「慌ただしくはなってきたけど、俺は今日は休みだ。ただ、日頃街に引っ込んでる教会の他の奴らも、準備の手伝いや見回りで、結構ウロウロしてるからな。いつもみたいな服でいるところを見咎《みとが》められたら、修道士の自覚がどうとか、うるさいことを言われるから」

「……私と一緒にいて、大丈夫？」

不意に不安になって、カリサは訊ねた。

前にサネルマから言われたことを、どうしても思い出してしまう。

『人間は結局、私たち『耳付き』とは相容れない』

最近何かというと、それが頭に浮かんできて、カリサは溜息をついてしまうのだ。

だがカリサのそんな不安を、ギルバートが笑い飛ばした。

「勿論《もちろん》。俺がカリサといて楽しいのを、誰に文句を言われる筋合いがあるのかって話だよ」

あ、間違った、とギルバートがわざとらしく咳払《せきばら》いをする。

「私はあくまで、獣耳族《じゅうじぞく》の少女と街の皆様の間に不幸な行き違いがないよう、修道士として見守っているのです」

取り澄ました顔で言うギルバートに、カリサも大仰《おおぎょう》な仕種で自分の体を抱いて、震え上がるふりをした。

「あんたのその喋《しゃべ》り方、もう気持ち悪い！　全然柄じゃないくせに」

「おいおい、笑わないように気をつけろよ。もし他の修道士と会ったらこうやって言い訳する予定なんだ。祭りの準備を口実にあれこれ余計な雑用を押しつけられそうになったところを、どうにか逃げ出してきたんだから」

ギルバートは相変わらず、他の修道士から嫌がらせを受けているらしい。本人は「身に危険があるわけでなし、嫌なことは嫌だと言って逃げるからいいんだ。その態度がまた、生意気だって目の敵《かたき》にされる理由になるんだけどな」と平然としているが、カリサはあまり、おもしろくない。

もし本当に街で他の修道士に会って、ギルバートがいじめられたら、相手を叱ってやろうかしら。そんなことを考えながら、カリサはいつものように薬問屋のある方へとギルバートと並んで歩き出す。

ギルバートが不意に足を止めたのは、その問屋が間近になってきたあたりだ。

「あ、とと」

一瞬、慌てたように呟いたのが聞こえて、カリサも釣られて足を止める。

「ギルバート？　どうかした……」

「ギルバート様！」

カリサが訊ねるより先に、愛らしい、澄んだ声が聞こえてきた。道の向こうから、カリサとそう歳の変わらないように見える少女が駆けてくる。少女はギルバートのような真っ黒い服を着ていた。足首まで隠れる長さのスカート、それからやはり黒い頭巾《ずきん》を被《かぶ》っている。説明されたわけではないが、彼女もギルバートと同じく教会で働いている人間なのだろうと、カリサにはすぐにわかった。

「お休みではなかったのですか、ギルバート様――」

嬉しげに、声と同じく愛らしい微笑みを浮かべていた少女は、ギルバートの前に駆け寄ってから、その隣にいるカリサを見て表情を曇《くも》らせた。

「……獣耳族……？」

ギルバートしか目に入っていなかったのか、近づいてようやく、彼女はカリサに獣の耳がついていることに気がついたらしい。

「こんにちは、フィオナ。祭りの支度ですか？」

温和な声で、ギルバートが少女に呼びかける。フィオナと呼ばれた少女はパッとカリサから目を逸《そ》らし、ギルバートを見上げてまた微笑んだ。

「はい、街並みの飾り付けのお手伝いに。あの屋根に上っていたら、遠くからギルバート様がこちらにいらっしゃるのが見えましたの」

「屋根に？　それは危ないな、他の修道士に任せた方がいい、万が一に足を滑らせでもしたら危ないでしょう」

「ご心配くださってありがとうございます、ギルバート様。でも、私《わたくし》、結構お転婆《てんば》だから、大丈夫ですわ」

フィオナと呼ばれた少女はギルバートを慕《した》っているらしく、表情や眼差しに溢れそうな親しみと、それに尊敬の心が見える。

ギルバートの方も、フィオナに対して優しく接していた。カリサと出会ってから一年くらいはそういう丁寧な言葉で話してはいたが、常に慇懃無礼《いんぎんぶれい》で、遠回しな皮肉を挟んでくる嫌味っぽい印象しかなかったから、フィオナに向ける雰囲気はカリサの知らないものだ。

何だか、つまらない。おもしろくないというか――胸が、荊《いばら》に触れてしまった時みたいにちくちくする。

「そうだ、フィオナにも紹介しましょう。橋の向こうの村で暮らしている、カリサさんですよ。街にご用がおありだそうなので、案内をしているところです」

なぜそんな痛みを感じるのか、内心で首を捻っていたカリサは、ギルバートがフィオナに自分を紹介するので、慌てて背筋を伸ばした。

「サネルマの村の、カリサよ。ええと……フィオナ？」

カリサたち獣耳族の仲間は、握手や抱擁《ほうよう》などの挨拶の習慣がない。初めて会った相手に、敵意がないことを伝えるためには、『何もしない』のが挨拶代わりだ。

ギルバートも、カリサと会った時に挨拶の言葉を向けるが、触れたり、頭を下げたりはしない。

だからフィオナが、ただじっとカリサをみつめ、まるで己の身を守るように両手を胸の前で組み合わせていても、おかしなことではない。

「カリサさん、はじめまして。私は修道女見習いの、フィオナと申します」

フィオナはようやくカリサに向けても微笑んだが、ギルバートに対するような温かみのある表情ではなかった。

「それでは私は、皆様のお手伝いの途中でしたので、戻りますね」

フィオナはすぐにギルバートに視線を移し、丁寧にお辞儀《じぎ》をしている。

「くれぐれも、気をつけてくださいよ」

ぽんぽんと、ギルバートがそんなフィオナの頭を優しく叩いている。フィオナはくすぐったそうに笑って、「はい」と返事をして、元来た道へと去っていった。

「みつかったのが、まだフィオナでよかったな」

歩いていくフィオナの小柄な後ろ姿を見ていたカリサは、ギルバートの呟きを聞いて彼を振り返った。

「そうなの？」

「フィオナは最近来たばっかりで、まだ俺の外面《そとづら》を信じてるんだ」

「ふーん……」

「俺と違って、他の修道士にも可愛がられてるぜ。修道女で、しかもあんなに若いのは珍しいしな」

「へえ」

短く相槌《あいづち》を打つカリサに、ギルバートが首を傾《かし》げた。

「どうした、急に元気がないな」

「え？　そうかな」

ギルバートに指摘されて、カリサは自分がたしかに急に塞《ふさ》ぎ込んだような気分になっていることに気づいた。理由がわからず、ますますもやもやした気分になってしまう。

「腹でも減ったか」

「あ、そうかも。おなかをすかしておいた方が、街で食べるものがもっとおいしく感じる気がして、朝ごはんを少しにしておいたんだった」

理由に思い当たって、カリサは何か、ほっとした。原因もわからないまま、自分が不機嫌になるなんて、何だか嫌だ。

「よし、じゃあさっさと問屋で用事をすませてきな、何か喰いに行こう。祭りが近いから外から来た奴も店を出してるんだ、普段食べられないような珍しいものがあるかもしれないぞ」

ギルバートがそう言うと、さっきまでの塞ぎ込んだ感じなど吹き飛んで、カリサは元気に頷いた。

「前に食べた、膨《ふく》らんだ麺麭にバターと蜂蜜《はちみつ》をかけたやつ、村で作ってあげたら子供たちがすごく喜んでくれたんだ。今日も、また何か味を覚えていって、作ってあげよう」

「カリサたちの料理もうまいけど、人間の食べ物も悪くないだろ？」

「うん、すっごく、気に入った」

再びギルバートと歩き出す頃には、ちょっとした不機嫌など綺麗に忘れて、カリサは街での時間を楽しんで過ごした。

5

　祭りが続く間は街が人間でごった返すというので、カリサはその時期に薬や細工物を売りに行くのはやめた。

　そしてギルバートは祭りの対応でひどく忙しくなって、しばらくは朝の橋にも姿を見せなくなってしまった。

（つまんないの）

　その代わり、そんな時期にわざわざ人間が獣耳族《じゅうじぞく》の村にやってくることもないだろうと、カリサは丘の上の小さな家を出て、サネルマや他の仲間の家でのんびり過ごしたから、寂しくはなかった。

（寂しくはない、はずだけど）

　でもほとんど毎日顔を合わせていた人間と、一週間以上も会えないのは、つまらないなと思う。

　だからようやく祭りの期間が過ぎ、あらかじめ街に行くと約束していた日がやってきたその朝、カリサは待ちに待ったという気分で目を覚ました。

つまらないのを誤魔化《ごまか》すために、たくさん薬を作った。祭りの間は人が多い分もめごとが起こりやすく、怪我人が増えるし、酒の飲み過ぎや食べ過ぎや夜通し踊りすぎて体を壊す人間も大勢出てくるからと、問屋からいつもより多い注文を受けていたのだ。

そわそわしながら昼を待ち、約束の時間が近づくと、薬を詰めたバスケットを持って家を飛び出す。風よりも速く走っているつもりなのに、街に行きたい心には追いつかない。逸《はや》る気持ちでカリサは走った。

ようやく街の入口に辿《たど》り着き、いつもであれば打ち棄《す》てられた石積みの上に片脚を抱くようにして腰掛けているはずのギルバートの姿を探す。

「あれ……？」

だがそこに、誰の姿もなかった。カリサは人間の使うような時計を持っていなかったが、おひさまの位置や何となくでわかるから、『いつもの時間』を間違うはずがないのに。

「――カリサさん」

気が急《せ》いていたせいで、思ったより早く着いてしまったのか。それともギルバートが約束を間違えてしまったのか、焦《あせ》って辺りを見回すカリサの名を呼ぶ者があった。石積みよりもっと向こう、カリサから少し離れた木蔭《こかげ》に、見覚えのある少女が立っている。

（フィオナ……だっけ）

修道女見習いとかいう少女だ。今日も黒い修道服を着ている。

（小さい……細い）

前に会った時にも思った。フィオナは小柄で、修道服はあまり体に合っておらず、少しだぶついている。服の上からでもその体がほっそりしているのがわかった。頭巾《ずきん》の下で翳《かげ》っている顔も小作りで、それに抜けるような白い肌をしている。金茶の髪はゆるく波打って長く、瞳は淡く明るい青色。

（すごく、綺麗……？）

細工物を売りに行く店にある人形のようだった。人形と違って、ひらひらのレースがたくさんついたドレスで着飾りもせず、きらきらの宝石を身につけてもいないが、人間の目で見ればきっとフィオナは飛び抜けて美しい少女なのだろう。

獣耳族であれば、耳がぴんと上を向いていて、尻尾《しっぽ》の毛が豊かで、速く走れる者が、美しいとされていたが。

「ギルバート様の代理で参りました」

フィオナにみとれていたカリサは、木蔭に佇《たたず》んだままのフィオナに言われて、我に返った。

「代理？」

「急な用事でどうしてもここに来られないというので、私が代わりを申し出たのです」

「ふうん……そうなんだ」

カリサは内心ひどくがっかりして、それを顔に出さないよう苦労した。

（何だ。ひさしぶりに会えると思ったのに）

ギルバートと会ったらあれを話そう、これを話そう、そうだ祭りがどうだったか聞きたい、あれこれと楽しみにしていた分、落胆はひとしおだ。

「祝祭の後処理で、修道士は忙しいのです。獣耳族の買い物についていくだけであれば、わざわざギルバート様が時間を割《さ》かなくても、私で事足ります」

「あんたは、暇なの？」

フィオナの口調は丁寧なのにどこかしら棘《とげ》のようなものを感じたが、カリサは別にそれを咎《とが》めて、嫌味で返したつもりはない。

だがフィオナはどうやらそう受け取ったらしく、ほっそりとした繊細《せんさい》そうな眉を寄せて、カリサを見た。

「私は……見習いですから。他の修道士様より任せていただける仕事がまだ少ないのです」

フィオナがようやく木蔭を出て、カリサの方に歩み寄ってくる。明るいところで見ると、肌の白さがますます際立った。焼けるのを嫌って木蔭にいたのかもしれない。フィオナに比べて自分はすっかり日に焼けているなと、何となく自分の腕を見下ろしてカリサは思った。それから、

（ギルバートは、こういう人間の女の子が好きなのかな……）

ということも。

街にいる少女たちは人形ほどではないがひらひらした明るい色の服で着飾って、帽子を被《かぶ》ったり、唇を赤くしたりと、人間たちの流行に合わせて華やかな姿をしている。カリサはずっと、身につけるなら動きを邪魔しない、無駄な装飾のない、汚れてもごしごし洗える服が何より素敵だと思っていたが——最近は街に行くと、人間の少女たちの姿がやけに目に留まるようになっていた。ああいうのが、人間の、可愛いということだ。

ギルバートはカリサの耳や尻尾がよく動くことや、笑う表情を「可愛い」とたびたび言うけれど、本当に、そう思っているんだろうか。だって私は、あまりに人間の少女と違いすぎる。

——そんな思いが、フィオナを見ていると、カリサの中でよりくっきりと強くなる。

(何だか、嫌だな)

人間の女の子を少しでも羨《うらや》ましいと思う日が来るなんて。

「……あの。薬などを売りに行くのでは、ないんですか?」

じっと自分を見るカリサにどことなく困惑した様子で、フィオナが訊ねてくる。カリサはまた自分が彼女にみとれていたことに気づいて、少し気まずくなった。

「うん。でもギルバートはごろつきなんかが私のお金を狙って絡《から》んで来るのを防ぐために、いつも一緒に来てくれるのよ。あんたみたいに小さくて弱そうな人間が一緒に来ても、意味ないんじゃない」

フィオナはちょっとつつけば、倒れて壊れてしまいそうだ。そうなったら気の毒なので忠告したつもりなのに、フィオナは明らかに気分を害した様子で、またむっと眉根を寄せている。

「常識はずれて頑丈《がんじょう》な獣耳族に比べれば、力はありませんけれど。教会の人間を傷つければ厳しく罰されますし、街の人からも批難されます。頭が悪くなければ、滅多《めった》なことでは修道服を着た者に乱暴狼藉《ろうぜき》を働く方はいません」

「ふうん、そうなんだ」

「ギルバート様といつもいつもいつも一緒にいらっしゃるそうなのに、気づきませんでしたの？」

妙な言葉遣いをする人間だ。ギルバートもつき合いのある店の主人たちも、市場の屋台でギルバートが買い物をする時についでにカリサに声をかけてくる人たちも、フィオナみたいな喋《しゃべ》り方はしない。

「だってギルバートはいつも修道服っていうのを……、……あ、何でもない」

フィオナはカリサと一緒に街を歩く時のギルバートがどんな格好をしているのか、知らないようだ。そういえば初めてフィオナと会った時、ギルバートはたまたま修道服を着ていた。

きっとフィオナにも知られない方がいいのだろう。そう悟《さと》って口を噤《つぐ》むカリサに、フィオナは険《けん》のある眼差しを向けている。

「とにかく、用事をすませましょう。私もただ暇というわけではないんです、すべきことはいくらでもありますから」

「だったら別に、私だけで行ったっていいんだけど」

「そういうわけにはまいりませんわ。ギルバート様に、しっかり役目を果たしますと約束しましたから」

「ふーん……」

この小さいのは、何だってこんなに私に対してツンケンした態度を取るんだろう。

カリサはそう訝《いぶか》ったが、答えはすぐに出た。

(まあ、私が、『耳付き』だからよね)

人間が獣耳族を嫌うのは、おそらく理屈ではない。自分たちと違う姿の存在、自分たちよりも強く、一対一では到底《とうてい》敵わない存在。それを忌避《きひ》したがるのは、当然なのだ。カリサだって、自分よりももっと速く走れて、高く跳べて、鋭い爪と牙《きば》を持った獣と遭遇したら、怖《おそ》ろしいし、おいそれと近づきたくない。ましてやフィオナは、こんなにか弱そうな少女だ。

(なのに、ギルバートと約束したから、怖いのとか嫌なのを我慢して、私と一緒にいるわけ。ふうん)

フィオナは行くというカリサの返事を待たず、問屋のある方角へ向けて歩き出した。カリサは彼女と並ぶ気がせず、少し離れて後ろを歩く。

「――それから、私のことを『あんた』などと呼ぶのは、やめてください。獣耳族の方にはわからないかもしれませんが、他人をそのように呼ばわるのは、とても失礼なことです」

「でもギルバートも、私のことしょっちゅう『あんた』って呼ぶけど」

「え？」

かすかに目を瞠《みは》ったフィオナが振り返る。

「ギルバート様がそんな下品な言葉遣いをなさるわけがありません。聞き違いじゃありませんか、あなたは人間の言葉がそれなりにわかるようですけど、獣耳族ですし」

そうか、あんたっていうのは、下品なのか。そういえば前にギルバートに同じことを言われたけど、あれは修道士として取り澄ますための、お芝居だったんだなあ。

そう思い至ると、普段のギルバートと修道士『風』のギルバートの振るまいの落差がおかしくて、カリサはつい笑いを零《こぼ》してしまった。

「何がおかしいんです」

自分が嗤《わら》われたとでも思ったのか、フィオナの口調と眼差しがさらに厳しくなる。

カリサは負けじとそれを睨み返した。

「あんたこそ、獣耳族がよっぽど気に喰わないのか知らないけど、何でそこまでトゲトゲするくらいなのに、わざわざここに来たの？」

「あんたなどと呼ばないでくださいと申し上げているんです」

「私は私がどう喋《しゃべ》るかくらい、自分で決める。余計な口出ししないで」

人間が獣耳族を嫌うのは仕方がない。そうわかっていたって、フィオナの態度はカリサの癇《かん》に障《さわ》った。

（ギルバート『様』に頼まれたっていうなら、みせかけだけでも、普通に接したらどうだってのよ）

まったく和《なご》やかとは言えない雰囲気で、カリサはフィオナに先導され薬問屋に向かう。

道すがら、街の人々は明るくフィオナに声をかけていた。

「こんにちは、修道女様」

「あらお祭りの時はありがとう、フィオナさん」

そのたびフィオナは微笑みながら会釈《えしゃく》を返し、「ごきげんよう」と挨拶している。「ごきげんよう」なんて初めて聞いたが、多分人間の挨拶には違いない。教会に来たばかりの見習い修道女だと言っていたが、フィオナはずいぶん街の人々に馴染んでいるようだった。祭りの時に手伝いをしたというから、それでだろうか。

街の人々には愛らしい笑顔を向けるフィオナも、カリサにはもう一切自分からは声をかけず、カリサも特に用事はないので、黙ってそのあとを歩く。

薬問屋に着いた時にはほっとした。フィオナは店には入らず通りで待っている素振りを見せたので、カリサは逃げ込むように問屋に入って、薬を店主に渡した。

「どうしたね、お嬢さん。やけに疲れているようだけど」

溜息を吐くカリサに気づいて店主に問われるが、愛想のない修道女と一緒にいるだけで疲れたのよ、などと正直なことは言えない。街の人々から好かれているらしいフィオナを悪く言えば、親切なこの店主の男だって、カリサに冷たくなるかもしれない。

「今日は修道士の兄さんは一緒じゃないんだね」

「うん、何か、忙しいって……あれ、ギルバートが修道士って、知ってたの？」

カリサの護衛で一緒に店に来る時、ギルバートは修道服ではなく、ごろつきまがいの格好をしていたはずだ。

店主が笑い声をたてた。

「隠していたようだったがね、祭りの手伝いに教会から来た姿を見て、わかったよ。他の修道士も気づいたみたいで、彼が何か乱暴なことでもしやしなかったかと血相《けっそう》を変えてうちまで訊ねに来たが、『とんでもない、とても親切な青年で、一緒にいた獣耳族のお嬢さんともども、礼儀正しいいい子だった』と言っておいたよ」

片目を瞑《つむ》る店主にお礼を言いながらも、カリサは「だから今日、ギルバートはここに来ていないのかしら」と不安になった。

（もう来られないいんだったら、どうしよう……）

街の治安を守るのが教会の役割だからとギルバートは言っていたが、それは獣耳族が無防備に街を歩けば人との間でもめごとが起こるかもしれないという前提があるからだ。そもそも教会側、ハイド神父は獣耳族を街からもっと離れた場所へと追い遣《や》りたがっているのだから、『耳付き』のカリサと何度も一緒にいたことが明るみに出たら、やはり咎められてしまうのかもしれない。

心許《こころもと》ない気分になりながら、カリサは売上金を受け取って店を出た。待っていたフィオナがちらりとカリサを見て、もう用は済んだのだろうとばかり、何も言わずに元来た道を引き返していく。

今日は急いで買って帰らなくてはならないものもないし――ギルバートがいないのであれば、街に長居するのも気がすすまないので、カリサはどこにも寄らずに帰ることにした。

街の出口の近くまで、フィオナに続いて黙々と歩き続ける。街境に立てられた木の板が見えるところまでやってくると、フィオナが足を止めてカリサを振り返る。

「私はここで、失礼いたします」

一刻も早くカリサと離れたい、という態度だった。少々むっとしたが、それはお互い様だったので、カリサは頷いてみせた。

「別に頼んではいないけど、どうもありがとう」

フィオナが街の人々から好かれている様子だったので、ごろつきのような格好をして街の人々から避けられているギルバートが隣にいる時同様、カリサはあまり目立たずにすんだ。こちらから請《こ》うてそうしてもらったわけではないが、かといってお礼を言わないのも据《す》わりが悪いから、感謝するところだけはきちんと感謝することにした。

だがフィオナは頷きもせず、カリサから目を逸《そ》らした。最初に会った時のように、両手を胸の前で握っている。

「私……私、獣耳族は、嫌いです」

「――」

思いがけず、視線を逸らしながらとはいえ目の前でそうはっきり言われて、カリサは思わず言葉を失くした。

「人間より力の強いことを笠《かさ》に着て、自分たちが隠し持っている財産を人間に高値で売りつけてお金儲《もう》けをして、少し脅《おど》せば何でも思い通りになると思い込んでいるあなたたちが、大嫌い」

「そんなこと思ってない」

一撃目で呆気《あっけ》に取られていたカリサは、続くフィオナの攻撃に、すぐさま言い返した。まったく言いがかりだ。

だがさらに言い募《つの》ろうと息を継いだところで、フィオナがひどく震えていることに気づいて、思い留《とど》まってしまった。

フィオナの胸の前で組んだ両手も、肩も、足も、見るからに小刻みに揺れている。淡い青い瞳にはうっすらと涙の膜《まく》がかかっていた。もともと白い肌は青ざめ、怒りよりは恐怖の方が勝《まさ》っていると見てとれる様子だ。

「あんた、そんな震えて、どうしたの……」

それほど獣耳族である自分が怖ろしいのか。なのに、こちらを怒らせるような言葉を、なぜ言わずにはいられないのか。

カリサがそれを問うより前に、フィオナは急に走り出した。

「あっ」

呼び止める間もなく、カリサの横を擦《す》り抜けて、街中の方へと戻っていく。足取りは不確かで、あちこちに落ちている小石で何度もつんのめりそうになる様子に、カリサの方が慌ててしまう。

「行……っちゃった……」

カリサが立ち尽くしている間に、フィオナの姿は見えなくなった。

◇◇◇

朝、橋に現れるなり不機嫌な顔でそっぽを向くカリサに、ギルバートが不思議そうに首を傾げた。

「カリサ？　どうした、そんなにふくれて」

ギルバートから顔を背《そむ》けたまま彼の立つ辺りまで橋上を進み、カリサは朝ごはんの入ったバスケットを突き出した。

（どうしたも、何も）

ギルバートの代わりにフィオナがカリサを迎えに来たのは、昨日のこと。

すべてに対して、胸の中に雷雲でも蟠《わだかま》っているように、重たくもやもやする。ときどきばりばりと稲妻《いなずま》が走るように癇癪《かんしゃく》を起こして、ゆうべはベッドの上で無闇に枕を叩いたりしなければならなかった。

フィオナが自分に向けた目、向けた言葉。震えていた体、涙の浮かぶ目。

そんな彼女を、どうしてギルバートは自分の代わりにカリサのところへ向かわせたのか。

あれこれと考えるたび、それらすべてが、カリサの中の雷雲を厚くさせる。

いつもならば、どんなに不愉快なことがあったって、疲れるまで草原を走り続けたあとにおいしいものを食べて一晩ぐっすり眠れば、すっかり忘れてしまうのに。

今朝目が覚めた時は、最悪の気分だった。カリサの中に全然青空が見えない。おひさまの陽《ひ》もささない。会いたかったはずのギルバートの顔を見たら少しはよくなると思ったのに、いつもどおりの態度で欄干《らんかん》に寄り掛かり、川の流れを眺めている横顔を見たら、ドンと一際《ひときわ》大きな雷鳴が鳴り響いた気がする。

「食べたら、勝手に」

バスケットを受け取ったまま、ギルバートが動こうとしないのを横目で見て、カリサは低い声で不機嫌に告げた。

「カリサは、食べないのか？」

「私はいいわ。全然おなかがすかないの、昨日から」

ゆうべは食事を作る気にもならなかった。適当に干し肉や果物を口に放り込んだけれど、胸が支《つか》えて気持ち悪いので早々に寝台に潜《もぐ》り込んだが、ちっとも寝つけず、嫌な夢を見て朝を迎えた。おかげで一晩過ぎても食欲なんて湧かない。

「何だ、腹が減って機嫌が悪いわけじゃないんだな」

前にもカリサの気分の悪い時があって、空腹のせいだとカリサ本人も思っていたが――実は違う理由なのではと、今になって気づく。あの時も、フィオナがカリサに冷たい目を向けていた。

なのにギルバートには可愛く笑って、ギルバートも、フィオナの頭を何だか大事なもののように撫でていた。

思い出したら、カリサはさらに胸がむかむかしてくる。

「だからあんたがひとりで勝手に食べて」

「でもひとり分にしちゃ、多い」

ようやくバスケットの蓋《ふた》を開けて、ギルバートが言う。

「さすがに食べきれないぜ、俺だけじゃ。一緒に食べよう。カリサだって、ひとりじゃ寂しいって言ってたじゃないか、ほら」

「私はいいの！」

ギルバートが逆に差し出してきたバスケットを、カリサは何かひどくカッとして、払い除《の》けてしまった。

「あ……」

体が動いてしまってから、カリサは自分のそんな行動に驚いた。バスケットは地面に落ちる寸前、あやういところでギルバートが受け止めたので、無事だった。

「俺が、何かしたってことか？」

料理が崩れていないかをたしかめるように、バスケットの中を覗きながら、ギルバートが言う。カリサは乱暴なことをしたのに、淡々とした、驚きも怒りも、悲しみも見えない口調だった。

「……あの……私……」

謝るべきか、カリサはわからなくて、口籠《くちご》もる。バスケットを用意したのはカリサ自身だし、どうやら中の料理は無事だったようだし、ギルバート自身を叩いたわけではないし。

けれども詫《わ》びた方がいいような、なのにごめんなさいと言うのは悔しいような、相反する思いで言葉を詰まらせたカリサに対して、ギルバートの方はどこか飄《ひょう》々《ひょう》としている。

「ま、いいさ。子供の頃から他人に嫌われるのは慣れてる」

ひとりごとのようなギルバートの呟きに、カリサは今までにないくらいの痛みを胸に感じた。ぐさりと、尖った石で心臓を貫《つらぬ》かれたみたいだ。

(何するんだって、怒りもしないの……)

カリサの言葉も態度も、ギルバートにはまったく響かないというように。

いつもと変わらない相手の態度に、自分から相手に嫌な態度を取っておきながら、カリサは傷ついた。

「ならこれは、朝と、昼にももらうよ。ありがとうな」

それだけ言うと、ギルバートは中からカリサの作った料理の包みを取り出して、空《から》になったバスケットを手渡してくる。

「……」

これを払い除《の》ける理由はない。カリサは黙って受け取った。受け取ればギルバートが帰ってしまう気がしたので、本当は、また払い除けてしまいたかったが。

「それじゃあな」

ひとつ笑顔を残して、予想どおり、ギルバートはカリサに背を向けてしまう。

(待って)

引き留めたかったのに、声が出ない。勝手にふてくされて、あんたとは一緒に食事をしたくないと言わんばかりの態度を取っておきながら、どう呼び止めればいいのか、思いつけなかったのだ。

空のバスケットを手にしたまま、カリサはギルバートが橋の向こうに繋いだ馬に跨《また》がり、駆け去って行く姿を、なすすべもなく見送る。

それが完全に見えなくなった頃、カリサはやけに顔が痒《かゆ》くなって、ごしごしと手の甲で頬を拭《ぬぐ》った。濡れている。どうして自分は、泣いているのだろう。わけがわからなかった。

泣いていると自覚したらますます涙が零《こぼ》れてきて、カリサは大きくしゃくり上げながら、とぼとぼと橋を離れた。誰もいない家に戻りたくなくて、丘の上を通り過ぎ、行き先も決めずに歩き続ける。

いつも水を汲《く》む小川に出ると、サネルマと、アネッタの姿があった。アネッタは川のそばに跪《ひざまず》き、染め物用の大きな木盥《きだらい》に水を入れている。サネルマはその傍《そば》で糸の束を解《ほど》いていた。

歩いてくるカリサに先に気づいたのはアネッタだ。目を擦《こす》り擦りやってくるカリサを見て、「あらあら」と言いながら立ち上がる。次にアネッタに腕をつつかれたサネルマがカリサの方を振り返った。

「か……顔を、洗いにきた、だけです」

この時間に、アネッタはともかくサネルマが川辺にいると思わなかった。子供みたいにわあわあ泣いた顔を見られるのが恥ずかしくて、離れた場所に移動しようと思ったが、すぐにサネルマがカリサのそばまでやってきた。

「だから、言わんこっちゃない」

サネルマは少し強引に、だが乱暴な仕種でカリサを抱き寄せた。サネルマの方が小柄で、ずいぶんと高齢なのに、実はサネルマの方がカリサよりずっと力がある。だからカリサは、されるままサネルマの方に凭《もた》れた。

「ギルバートに会いにいっていたんだろう。昨日街から戻ってきた時に、もう様子がおかしかったって、アネッタに聞いたよ。——だから、人間の男なんかに肩入れをしてはいけないよって言ったんだ」

「サネルマ様には、どうして私が泣いているのか、わかるんですか？」

カリサはなぜこんなに悲しくて、こんなに腹が立って、こんなに傷ついているのか、自分でもわからないというのに、サネルマはまるでお見通しだというような口調だった。

「勿論《もちろん》だ」

サネルマが大きく頷く。

「おまえが自分でわからないというのなら、わかるまで、その人間に会い行くのはよした方がいい。街にはアネッタか、イノ爺《じい》に行ってもらおう。朝は私が話をしに行くよ」

「……」

本当に、そうした方がいいのだろうか。

（でも、悲しくて腹立たしい理由がわからないままギルバートに会っても、きっとまたひどい

態度を取っちゃう)

ずっとではなくても、数日。きちんと考えがまとまるまでは。

「ごめんなさい、私の仕事を取り上げないでなんて、偉そうなことを言ったのに……」

サネルマの指が、優しくカリサの耳許を掻いた。カリサはそれで少しだけ、乱れていた心が落ち着く。

「いいんだよ。最初から、少しおまえに頼りすぎた。全部任せきりにしていたのがいけなかったね。さあ、顔を洗ったら、うちにおいで。アネッタが作ってくれたおいしいスープがあるよ」

まだとても空腹など感じなかったが、カリサはサネルマの心遣いに感謝して、小さく頷いた。

6

サネルマの言ったとおり、朝の橋で待つギルバートの許《もと》へは、彼女と付き添いのイノ爺《じい》が行くようになった。

カリサは丘の家から、毎日サネルマたちが橋の方へ向かう姿をこっそり窺い見た。

ギルバートはどんな様子でしたか。私のこと、何か言っていましたか。

サネルマに声をかけて、そう訊ねたいのを、必死に我慢する。怖くて訊けなかった。

（約束、破っちゃった……）

自分から、朝ごはんを一緒に食べようと、食事は私が持ってくるからと言ったのに。

だが自分の心が未《いま》だに乱れ、ギルバートの言葉や姿や表情を思い出すたびに、悲しさや他の理由で涙が盛り上がってくる理由はわからないままだったので、やっぱり、会いには行けない。

気を紛《まぎ》らわせるためにせっせと薬草を摘《つ》みに行ったり、それを調合したり、苦手な細工物に挑戦していくうちに、日々はどんどん流れていった。

一週間、二週間。祭りの時に薬がたくさん売れて、在庫が心許《こころもと》ないから、次はなるべく早めに持ってきてほしいと、薬問屋の店主からは頼まれていた。その分はもう出来上がっている。アネッタなりイノ爺なりに託《たく》せば、街へ持っていってくれるだろう。

（でも、ギルバートと次の約束はしていないから……ひとりで行ってもらってあの嫌なごろつきたちに襲われても、ふたりで行ってもらって『耳付き』が目立つのも、よくないわよね）

アネッタもイノ爺も人間の言葉はわからない。イノ爺は高齢で、アネッタは彼やサネルマよりはずっと若いとはいえ、孫の面倒を見るために村に残ったような歳ではある。ずっと仲間の中でしか暮らしていないのに、急に人間の街に行かされて、怖い目に遭ったらと思うと、カリサは落ち着かない。

（……それに……）

一番落ち着かない理由は、ただ自分が、ギルバートと会って話がしたいからだ。

彼が自分と会えなくて、寂しいと感じているか。それとも、どうでもいいと思っているのか。

それについて想像し出したら、もういてもたってもいられない気分になる。

次の約束をしていないから、会えないだろう。それでも心を抑《おさ》えきれず、カリサは結局昼を過ぎた頃、薬を詰め込んだバスケットを持って、サネルマにも告げずに街へ向かった。いつもどおり薬問屋に行って、薬を金と交換して、油を買って、家に帰ろう。用事を済ませる間にギルバートに会えるかもしれないし――会えないなら、ただ諦めよう。

全力で走る気にはなれず、かといってゆっくり歩くのはもどかしく、カリサは小走りに、もう慣れた街への道を進んだ。

そんなはずはないとわかっているのに、いつもの待ち合わせ場所にギルバートの姿を探してしまった。勿論《もちろん》、石積みの上に片膝を抱いて座る、柄の悪い格好の人間の姿はみつからない。落胆と安堵とどっちつかずの気分で、カリサは薬問屋に向かった。

ひとりで歩いていると、街の人たちの目が気になる。俯《うつむ》いて足早に道を行く。ギルバートに守られることにすっかり慣れてしまったカリサは、自分の心が竦《すく》んでいることに気づいた。ギルバートと街で会うまでは、人間の奴らになんか負けるもんかと、強がっていられたのに。

薬問屋に辿《たど》り着いた時は、いつも以上にほっとした。だが店主は他の客が来ていて忙しそうで、カリサは長居することもなく店を出なければならなかった。少し気持ちを落ち着けたかったのだが。

(この間買えなかった油を、まとめて買って帰らなくっちゃ)

ギルバートの代わりにフィオナが来た日も、さっさと街を出てしまったので、必要なものが手に入らなかった。浮かない気分で道を歩き出す。

(あれ……何だろう?)

前に薬問屋の店主に教えてもらった店へ進む先に人だかりができていることに気づいて、カリサは歩みを緩《ゆる》めた。回り道をした方がいいだろうか。だが目的の店は袋小路の途中にあるので、その人だかりを越えなければ辿り着けない。

「ぼうや！　ぼうや、ロジー‼」

悲鳴のような女性の声。泣き声。

「おい、医者はまだか！　誰か呼びにいったんだろう⁉」

「駄目だ、動かすな、頭を打っているぞ！」

行くか帰るか迷って、結局大勢の人間がいるそばを通りたくなくて引き返しかけたカリサは、人間の大人たちの言葉を聞いて足を止めた。血の臭いがする。

（誰か、怪我してる？）

ひどい怪我だろうか。だったら、たった今売ったばかりの傷薬が、役に立つかもしれない。伝えるべきだろうか。

「誰がやったんだ、こんな子供にひどいことを」

「ねえあなた、そばにいたんでしょう？　誰か、見なかった？」

「――見ました。逃げる影をですけれど」

迷って立ち往生《おうじょう》するカリサの耳に、覚えのある澄んだ声が届く。

（……フィオナ？）

それはあまり、カリサにとって聞きたい声ではなかった。あの修道女見習いがいるのだ。会いたくない。医者を呼べと誰かが叫んだから、きっと自分に出る幕はない。この場から立ち去ろうと一歩後ずさったカリサは、だがもう一度聞こえた声に、凍ったように動きを止める。

「獣耳族《じゅうじぞく》です。耳と大きな尾の影が、逃げるようにあちらに去っていくのをたしかに見ました！」

その時、十人ほど集まった人間たちの隙間から、フィオナの顔が見えた。フィオナははっきりとカリサの方を見ている。

フィオナの視線に釣られたように、人間たちが揃ってカリサを振り返った。

「……っ」

その視線の怖《おそ》ろしさに、カリサは身動きが取れない。明らかな害意。このままここにいれば襲われる、という直感。たとえ人間の大人が十人揃ってかかってきたって、走り出せばカリサに追いつくわけがないのに、きっと自分は捕まってしまうという予感と怯《おび》えで、身が竦む。

「あなたなの!? 私のロジーをこんな目に遭《あ》わせたのは！」

修道服が汚れることも構わず地面に膝をつくフィオナのそばに、若い母親がいた。母親の膝にはぐったりと力なく目を閉じる子供の姿が。子供は額《ひたい》から血を流していた。血が地面に拡《ひろ》がっている。

「ち……ちがう、私じゃない」

カリサは首を振り、喘《あえ》ぐように、掠《かす》れた声で答えるのが精一杯だった。どうして鋭い爪も牙《きば》も持たない人間がこんなに怖ろしいのか、理解できない。

「おい、捕まえろ！」

「紐《ひも》だ、紐でふん縛《じば》っちまえ！」

「相手は耳付きよ、誰か武器を持ってきて！」

武器、という言葉にカリサは腹の底から恐怖が湧き起こった。剣や、何より怖ろしい銃。鉛《なまり》の玉を撃ち出す、獲物を確実に殺すための道具。

逃げなくては。自分がこれほどの憎悪を向けられる理由はわからないまま、カリサは背後を振り返った。だがいつの間にか、道を塞《ふさ》ぐように、人間の数が増えている。

「だから嫌だったのよ、耳付きなんかに街をうろうろされるのは！」

「おい逃がすな、教会に突き出してやれ！」

騒ぎを聞きつけた人間たちの中には、すでに棒切れや大きな布を持って、カリサを捕らえようと動き出している者がいる。剣や銃を持っている者はまだおらず、棒切れを構えた屈強《くっきょう》な男でも、獣耳族に近づくことを躊躇《ちゅうちょ》しているようではあるが——。

「通してください。道を空けて！」

少しでも逃げ出す素振りをすれば、きっと堰《せき》を切ったように人間たちが襲ってくる。そうわかって動けずにいたカリサは、集まった人々を掻《か》き分《わ》けるようにして現れた人間を見て、泣きそうになった。

「医師を連れてきました、怪我人はどこですか。通して！」

ギルバートだ。修道服を着て、険《けわ》しい表情をしたギルバートが、背中に医者らしき老齢の男を背負ってこちらにやってくる。

ギルバートもカリサに気付き、一瞬、怪訝《けげん》そうな顔をした。

「カリサ？」

「修道士様、その獣耳族の娘が犯人だ！　捕まえてくれ！」

身を乗り出して叫ぶ街の男を、ギルバートが極めて冷静な目で一瞥《いちべつ》する。背負った男を地面に下ろした。

「とにかく、お医者様を通してください。――フィオナ、お連れしていただけますか！」

「は、はい！」

ギルバートに名前を呼ばれたフィオナが、弾《はじ》かれたように立ち上がる。カリサを捕らえようと気色《けしき》ばんでいた街の人間たちが、フィオナと彼女が手を取った医師の邪魔にならないよう、数歩下がっている。

ギルバートはその間に、カリサを庇《かば》うような位置に移動した。

「子供が怪我をしたという報《しら》せしか受けていません。どなたか、状況を説明してください」

「その耳付きがやったんだ。修道女様が見たと言っている！」

医師は先程までフィオナがいた場所に膝をつき、怪我をして気を失っている子供の様子を見ている。

フィオナが、街の人々に指さされ、青ざめた顔でギルバートの方へ歩み寄った。

「フィオナ。それは、たしかなことですか」

「……カリサさんかは、わかりません」

フィオナは震える手を胸の前で組み合わせながら、硬い口調でギルバートに告げた。

「ただ、子供の叫び声が聞こえたので、急いでこの袋小路に走ってくる途中、その道の角を――」

フィオナが袋小路の手前にある曲がり角を、細い指でさす。

「素早く走り去っていく影がありました。影は耳と長い尾を持っていたので、驚いて追いかけましたが、見失ってしまって……」

「きまりだ！　最近じゃこの街で耳付きなんて、その娘しか来ないだろう！」

「私じゃない」

フィオナ以上に硬い声で、カリサは呟いた。もっと大きな声で主張したかったのに、喉《のど》が詰まったように、うまく動かない。

「わかってる。大丈夫だ」

カリサに背を向けたまま、獣耳族の耳にしか届かないくらいささやかな小声で、ギルバートが囁く。

「では、はっきり姿を見たわけではないんですね」

「……はい」

念を押すようなギルバートの問いに、フィオナが頷いた。

「他に獣耳族なんて、そうそう街に来るものですか」

「とにかく、そいつが逃げる前に捕まえろ！」

場はギルバートたちのやり取りでも治まらず、街の人間たちは余計に興奮したようだった。

（ああ、馬鹿だ、私。こんなことが起きるんじゃないかって心配して、ギルバートはいつも一緒にいてくれたのに）

カリサは強く悔やむ。たちの悪いごろつきに襲われることばかりが問題だったのではない。自分が獣耳族であるというだけで、人間からすぐに疑われるということを、もっと自覚しなければいけなかった。

フィオナにだってはっきり言われたではないか。獣耳族が大嫌いだと。

（まさか、私のことが嫌いだから、嘘……ついたの？）

カリサはそう疑ったが、真っ青な顔で震えながらも必死に自分を見据える彼女の様子は、とても嘘をついているようには見えなかった。彼女の方こそカリサの嘘を見逃すまいとしているようだ。

「落ち着きなさい！」

次第に声を荒らげてカリサを取り囲む輪を縮《ちぢ》めだした街の人々に向け、ギルバートが腹の底から響くような声で一喝《いっかつ》した。人間たちが一瞬にして声を失くす。カリサも、驚いて耳と尻尾を震わせてしまったほどだ。

ギルバートはゆっくりと、集まった人間たちの目をひとりひとり見渡した。

「いいですか、今わかっているのは、その少年が大変な怪我をしているということ、それから、駆け去った耳と尾の影を彼女が見たということだけです」

「でっ、でも、それが動かぬ証拠では――」

「いいえ。この中の誰ひとりとして、少年が怪我をした瞬間を直接見たわけでもなく、逃げ去る者の顔貌《がんぼう》を見たわけでもありません。証拠のない弾劾《だんがい》は神々のご意思に悖《もと》ります。罪なき者を指弾《しだん》し、万が一にも私刑《しけい》で傷つけでもしたら、あなた方全員、この先一切のお慈悲《じひ》を神々から受けられなくなりますよ」

厳しい声で修道士に言われ、人間たちは気まずそうに目を見交わすと、黙り込んだ。

「――どうやら、怪我自体は大したことがなさそうだ」

しんとした場に、息を吐きつつの老人の声が響いた。医師が、子供の様子をひとまず確認し終えたらしい。

「出血の量は多いがね。傷口を洗って、縫《ぬ》い合わせて、薬を塗っておけばじきに血も止まって、目を覚ますだろう。どれ、誰か手を貸してくれんかね、診療所へ運ばんと」

「お……おお」

力のある男たちが、医者の言葉で動き出した。カリサを問い詰めるより、まずは子供を治療しなければと、気持ちが動いたらしい。

「布に乗せて。そう、ゆっくりだぞ、目を回してるんだ、頭を動かさないようにしてくれ」

子供は小柄だったが、少しでも丁寧に運ぶためにと、大勢の男たちが手を貸している。

医師と子供、母親と男たちが立ち去ると、残された人間たちの間で、どこかぎこちない空気が流れる。ひとまず子供に大事がないとわかったから、興奮が収まったようだ。

「……だが修道士様。その耳付き……獣耳族を放っておくわけにはいかないだろう」

「そうよ。神父様の元に連れて行って、きちんと裁《さば》きを受けさせてちょうだい」

だが怒りと疑いが消え去ったわけではない。人間たちは、再びカリサに冷たい目を向けた。

「いいえ、疑いだけでは、神父でも裁くことはできません」

ギルバートがきっぱりと首を振ると、人々は今度は彼に怒りの眼差しを向けた。

「教会は耳付きを庇うんですか？」

「修道士ともあろうものが、怖いんじゃないだろうな、その娘が」

ギルバートが責められている。カリサは、自分がそうされている時よりも胸が苦しくなった。

「絶対に、私じゃない」

かといって、人間たちを鎮《しず》めるために、やってもいないことをやりましたなどと言えるはずもない。それは、ひとつの疑いも持たずに「わかってる」と囁いてくれたギルバートの信頼にも反してしまうことだ。

「どうしても疑うっていうなら、本当にあの子供を傷つけた奴をみつければ、信じてくれる？」

声が震えないよう気をつけながら、カリサは人間たちに向けて訊ねた。

カリサに思いついた解決策は、それだけだ。

怖れることのない態度で――そう見えるよう、精一杯胸と耳を張った――訊ねた獣耳族の少女に、街の人間たちが少し気圧《けお》されたような様子になる。

「だ……だが、同じ耳付きの仲間だろう。本当に捕まえることなんてできるのか？」

「そうだ、庇い合って、逃がすつもりじゃないだろうな」

だがすんなりとカリサを信じることはできないようで、まだそう言い募《つの》ってくる。

「では私が彼女と一緒に、罪のない子供を傷つけた咎人《とがにん》を、探しましょう」

ギルバートが、カリサの隣に並ぶ。

それで人間たちは、どうにか納得したようだった。

「まあ……修道士様が、そうおっしゃるのなら」

「神に仕《つか》える方が、嘘をついたり、見逃したりするはずがないものね」

人間たちの神々の教えとやらを、カリサはちっとも理解していないし、するつもりもなかったが、今ばかりはそれに感謝したくなった。人間たちの修道士《ギルバート》に対する信頼は絶大だ。

「ありがとうございます。この少女については、私が一切の責任を持ちますので、皆様はお戻りを」

落ち着いた態度で微笑むギルバートに釣られたように、人間たちは険悪な雰囲気が去って自分たちもほっとした様子で、袋小路から離れていった。

カリサは大きく溜息を吐く。

「大丈夫か」

大きな優しい手が背中を支えてくれるので、その場に座り込む醜態《しゅうたい》は避けられた。

「大丈夫……ありがとう、ギルバート」

どうしてこんなに親切な人に、冷たい態度を取ってしまったんだろう。一体自分は何の臍《へそ》を曲げていたんだろう。カリサは泣きたくなった。

「よしよし、泣くな。俺が絶対に、本当の犯人をみつけてやるから」

ギルバートが手を伸ばし、カリサの頭を少し乱暴に撫でる。前にフィオナの頭を撫でていた時とはまったく違う仕種だったが、カリサはむしろ、それが嬉しかった。

（そうだ、フィオナ……）

街の人間たちは去っていったが、フィオナはまだこの場に残っていた。ギルバートも気づいたようで、カリサの頭から手を離すと、フィオナの方に目を向けた。

「私は少し、彼女から話を聞いておきます。フィオナは、教会に戻ってハイド神父にありのままを伝えてくださいますか。ひどい怪我人が出たから医者を連れてくるようにとだけ言われて、ハイド神父も気を揉《も》んでいらっしゃるでしょうから」

「──わかりました」

フィオナは小さく頷くと小走りに去っていく。一度もカリサに視線を向けようとはしなかった。

「……本当に私のこと、疑ってるのかな、フィオナ」

「何か誤解があるんだ」

悲しい気持ちで呟いたカリサに、ギルバートが揺るぎない声で答えた。

「フィオナは嘘がつけるような性格じゃない」

「でも、私のこと……『耳付き』のこと、すごく嫌ってるわ」

「そうなのか？」

「うん、この前街に来た時、はっきり言われた」

「そうか……なら、悪かった、嫌な思いをさせたな。この間は、どうしても抜けられない仕事を言いつけられて、フィオナがそのことをカリサに伝えてくれるっていうから、任せちまったんだ」

「ううん。もう、いいんだ」

ギルバートは気づいていなかったらしい。それでカリサはずいぶんほっとした。フィオナのカリサに対する気持ちを承知のうえで、自分の代わりに彼女をカリサに付き添わせたわけではなかったのだ。

「もういい、ってことは、それが理由で俺に会いたくなかったのか？」

「……」

問われて、カリサは俯いてこくりと頷く。

そうか、とギルバートが息を吐き出しながら呟いた。

「本当に、悪かったよ。まさかフィオナが、あんたに対してそんなこと言うと思わなかったんだ。気が弱くて、俺以外とはあんまり喋《しゃべ》らないから」

「そうなの？　全然、気が弱いってふうには見えなかったけど……」

先刻も、フィオナは街の人間の中で、大きな声を上げていた。

「まあ、何でもいいや。ギルバートが、私が人間を傷つけたりしないって、信じてくれるなら」

嫌われるのは嬉しくないが、誰に、どれだけの人に罵倒《ばとう》されたところで、たったひとりが自分を守ろうと立ちはだかってくれるのなら、大丈夫だ。

「あったりまえだろ」

もう一度、頭を乱暴に撫でられた。その仕種が妙にくすぐったくて、カリサは笑い声を上げる。笑ったカリサを見て、ギルバートも笑顔になった。

「よかった。やっと笑ったな」

「……ごめん。この間の……バスケット、叩いちゃったこととか」

「俺を無視して、他の獣耳族を橋に向かわせたこととか？」

「そ、それも。だって何か、嫌だったんだもん。私は、ギルバートが護衛するって言うから、頷いたのに……他の、人間の……女の子が、代わりに来たりとか。フィオナが、ギルバート様ギルバート様ってあんたにくっついてるのとか……あんたが、あの子の頭、撫でたりとか……」

「……」

何が嫌なのかを説明しようとするうち、何だか余計なことまで言ってしまったかもしれない。ギルバートが無言になって、かすかに目を瞠《みは》っているので、カリサは急に恥ずかしくなってきてしまった。

「うそうそ、今のはどうでもいいこと。忘れて。私は何も言ってない！」

「フィオナは妹みたいなものなんだ」

これでギルバートに笑われでもしたら、恥ずかしさのあまりに死んでしまう。カリサはそう身構えたが、ギルバートは笑ったりはせず、真面目な顔になって、言った。

「妹？」

「ああ。実際、フィオナと同じ歳の妹がいた。生きていればだけどな」

「……死んじゃったの？」

「ずいぶん昔に。俺が救貧院《きゅうひんいん》に放り込まれる前だ。まず父親が流行病《はやりやまい》を患《わずら》って、貧乏だからろくな医者にかかれずに、その代わりに母親が無理をして働いて乳が出なくなって、生まれたばかりの妹が栄養不足で呆気《あっけ》なく死んで。泣き暮らした母親と、父親も、誰にも救いの手を差し伸べてもらえないまま妹のあとを追うように。残念ながら俺はなかなか頑丈《がんじょう》で、病気にもならず、餓《う》えでも倒れず、生き延びたけど——」

「残念ながらなんて言わないで。私はギルバートが生きてて、嬉しい」

自分が怒るようなことではないかもしれない。けれども黙っていられず、カリサは強い口調でギルバートに言った。

「ハイド神父と同じことを言う」

ギルバートがかすかに目許《めもと》を和《なご》ませた。

「そうなの？」

「街で悪さばっかりしてた頃、ハイド神父にとっ捕まって怒られて、あんまり怖ろしいんでどうにか逃《のが》れようと今みたいなことを言ったら、カリサと同じことを言い返された。さらに、『そんなことを考える暇があったら、神々の言葉を千回唱《とな》えなさい』と怒られたんだ」

「おっかないんだ、ハイド神父って」

「おっかないさ。街に来たばかりの頼りないおっさんに見えたから、甘く見てた。神に仕える人間は慈悲深いっていうし、可哀想な俺の身の上を聞いたら、同情して泣いて、菓子のひとつでもくれると思ったのに。でもそれから俺は、あんまり悪さをしなくなった。俺が誰かを殴ったり何かを盗んだりするたびに、ハイド神父が謝るんだ。その姿を見てたら、まあ、やめとこうかなあと」

「そっか……おっかないけど……優しいのか」

カリサは何となく複雑な気分だ。ハイド神父はいい人間ではあるのだろう。少なくともギルバートにとっては。

（ギルバートとか、自分の大事な人間を守りたいから、私たち獣耳族を追い出したいってこと

……なのかな）

少し、いや、とても寂しい。

ギルバートが大切に思う人間なら、カリサだって好きになりたかった。

「フィオナに関しては、妹が生きてればってつい考えちまうんだ。彼女も俺を、お兄様みたいだって言って、慕ってくれるし」

「……へー、それであんなふうに、デレデレしてたんだ」

うんと小さな声で呟いたのに、ギルバートには聞き取られて、首を捻《ひね》られてしまった。

「デレデレなんてしてないだろ？」

「私だってフィオナと変わらない歳だと思うけど。私じゃ妹のこと、思い出さないの？」

「ああ、カリサを妹だと思ったことは一度もないな」

「……やっぱり、耳や尻尾があるから？」

だったらそれも寂しい、と思ったカリサに、ギルバートが笑って首を振る。

「それはまったく関係ない。最初から、あんたはカリサっていう、元気で可愛いお嬢さんだったからな」

「……っ」

なぜそのギルバートの言葉で、顔が熱くなったのか、カリサはわからない。

でも何だか、とても嬉しいことを言われたような気がした。

「妹恋しさに毎朝毎朝馬で橋まで駆けてくって、いい歳した男のすることでもないだろ」

「そ……そういうものなの、人間って？　私はわかんないわ、私だったら、もう一度父さんや母さんに会えるって思ったら、どんなに遠くでも駆けていっちゃうかもしれないもの」

　カリサの答えに、ギルバートがまた小さく首を傾げた。

「カリサの両親は、村にいないのか？　……他の大人たちと一緒に、狩りへ？」

「ううん。私の親も、私がうんと小さい頃、両方死んだの。人間の罠《わな》にかかってね」

「――」

「あ、獣耳族にかけた罠じゃないからね。人間の狩り場に間違って入ってしまったんだって。人間の道具は複雑で巧妙だから、気づかなくって」

「……恨んでないのか、人間を？」

　そっと訊ねてくるギルバートに、カリサは頷いた。

「仕方ないわ、人間だって、生きるためにしたことだもの。私たちだって、狩りをするしね。それに頑丈な街に大勢で暮らす人間と違って、獣耳族はちょっとした不注意で命を落とす場合があるから、珍しいことでもないし。父さんと母さんがいなくなったのは、そりゃあ寂しいし、そんな罠になんてかからなければよかったなあって思うことも何度もあるけど」

「そうか……」

「だからギルバートがハイド神父って人間を好きなのはわかるわ。私も、サネルマ様が大好きよ。他の大人たちもみんな親代わりだけど、サネルマ様が一番好き。たくさん叱ってくれるのも、抱き締めてくれるのも、一番はサネルマ様だから」

「……」

ギルバートがまた、カリサの頭を撫でてくる。今度は先刻よりももう少し優しい触れ方だった。サネルマもこうして頭を撫でてくれるが、感触がどこか違う。フィオナの頭を撫でるギルバートの仕種とも、やはり違う気がした。

「だ、大丈夫よ、慰めてくれなくたって。ギルバートだって、もう大丈夫でしょう？　ちゃんと自分を愛してくれる相手がたくさんいて、自分だって同じ気持ちを返すことができるんだから。全然、寂しくない」

「……そうだな」

ギルバートが微笑んで、そっとカリサの頭から手を離す。カリサはひどく名残惜《なごりお》しかったが、今の状況と、自分のおかれた立場を思い出した。

「話し込んでる場合じゃないわよね」

「そうだった。あの子供を怪我させた奴を、何とかしてみつけないとな」

ギルバートも同じく我に返ったように、表情を引き締めている。

「誓って言うけど、やったのは本当に私じゃないし、私の仲間でもないわ。絶対にそんなことしないっていうだけじゃなくて、知ってる匂いがしなかったから」

「そうか、カリサたちは鼻が利《き》くんだったな。――なら、他の獣耳族の匂いもわかるか？」

念のため、辺りの匂いをたしかめてみてから、カリサは首を振った。

「ううん……」

目を閉じて意識を凝《こ》らしてみたが、無駄だった。

「今は何も感じない。さっきは血の臭いと人間たちの怒ってる匂いがいっぱいに満ちていて、そっちに気を取られちゃったし……獣耳族でも、一緒に暮らしている仲間じゃなくちゃ、すぐにはわからないの」

「なるほど。フィオナは耳と尾のついた影が向こうに曲がって逃げていったって言ってたけど、カリサは薬の問屋から来たなら、別の道だな」

「そこでも匂いは感じなかった。私がここに来た時にはもう人が集まってたから、子供が怪我をして、少し経《た》ってたのかも。フィオナは影を追いかけていったって言ってたけど、もう子供と母親のそばについていたし」

「そのあたりをうまく説明できれば……いや、犯人を直接みつけないと、収まらないな。少しでも疑われたままじゃ、カリサはこの先、街に来づらくなっちまうだろう」

「……うん」

ただ獣耳族だから、自分たちと違う姿形や暮らしぶりだからと遠巻きにされている分にはまだいいが、子供に怪我をさせた犯人と疑われたままで、平然と街に来られる気がしない。

「ひとまず、フィオナ以外に何か見た奴がいないか、手当たり次第に訊ねて行こう。早くしなけりゃ、街の外に逃げられちまうかもしれない」

「そうね。私も匂いに気をつけてみる、今なら人間の怒ってる匂いは散ったし、意識しておけば別の獣耳族の気配に気づけるだろうから」

「よし、じゃあ、行こう」

◇◇◇

騒ぎを引き摺《ず》って浮き足立っている人々には、何を聞いてもカリサたちにとって意味のある答えは返ってこなかったが、思い立って薬問屋を訪ね直した時、店主が、

「そういえば、耳のある男が歩いて行ったのを見た気がするよ」

と言った。

「男性、ですか?」

修道士然とした生真面目《きまじめ》な態度でギルバートが問い返す。店主はギルバートのごろつきみたいな格好も知ってるんだけど——ということについて、今は口にしている場合ではないだろう。

カリサはカウンター越しに店主の方へ身を乗り出した。

「どんな奴だった?　どこで見たの?」

「ちょうどお嬢さんが来る少し前に、また油を買うなら在庫を調べといてあげようと思って、赤い屋根のランプ屋に行ってきたんだ。さっきお嬢さんが来てくれた時に別の客が来てたから、今日はあんまり質のいいのがなさそうだって、言いはぐっちゃったけど。とにかくランプ屋に向かう、その途中でね」

店主の親切が役立った。カリサは彼の心遣いと、タイミングのよさに感謝した。

「どんなふうだったかは……さて、『お嬢さん以外にも耳のあるのが来てるんだな』ってぼんやり思ったくらいで、あんまり気にしなかったからなあ」

獣耳族にも分《わ》け隔《へだ》てない店主の気立ては、むしろ仇《あだ》になったか。カリサのような者を厭《いと》う人間なら、きっと相手をじろじろと観察しただろうに。

「少なくともお嬢さんよりは大きかったよ、あまり気に留めなくても男だってわかるくらいにはね。ランプ屋のある袋小路を横切って、別の道に歩いて行ったかな」

「カリサの前にも、昔は別の獣耳族が薬を売りに来ていたでしょう？　そこで会った覚えなどはありませんか」

ギルバートの問いに、店主はすぐに首を振った。

「前に薬を持ってきていたのは、獣耳族の村長《むらおさ》だろう？　このお嬢さんほどしょっちゅうは来てくれなくて、年に一、二度しか顔を合わせなかったけど、あのお嬢さんはもっとずっと小柄だった。見間違いようがないよ」

「お嬢さん……」

訝《いぶか》しげに、ギルバートが口の中で繰り返す。

「村長は、お嬢さんというご年齢には見えませんでしたが……」

たしかにサネルマはお嬢さんというよりは、まだ奥さんとでも言った方がしっくりくる見た目だ。店主も相当年配で、眼鏡をかけているくらいだから視力も落ちているだろう。

「はは、僕が耄碌《もうろく》して、男も女もわからないんじゃやって心配なのかな」

ギルバートの疑念に気づいたのか、店主がのんびりと笑う。

「彼女と初めて会ったのは、このお嬢さんと同じ年頃に見えた時でね。このお嬢さんが来るようになるまでは、彼女のことを、ずっと『お嬢さん』って呼んでいたんだ」

「なるほど……では、このお嬢さんのように耳と尻尾のある、だがもっと大柄な男を、たしかに見たんですね？」

「たしかと言われると困るけど、じゃあ、ランプ屋の店主にも聞いてみるといい。僕が訪ねた時、ちょうど路地の掃《は》き掃除をしていたんだ。もしかしたら、彼もその姿をみかけたかもしれない」

薬問屋の店主に礼を言って店をあとにすると、カリサとギルバートは彼のアドバイス通り、袋小路の奥にあるランプ屋に向かった。

ランプ屋の店主も、掃除のために地面ばかりを見ていたから確実ではないが、視界の端にちらりとそういう姿が映ったので少し気になっていた、と証言した。

他に、袋小路の周辺を通る人に話を聞いてみたが、二人の店主以上の話は聞けなかった。袋小路だけあって、人通りがそもそも少ない。昼間まともに開いているのはランプ屋だけだ。

「でも、もう、充分よね」

「ああ、フィオナを含めれば三人、獣耳族の姿を目撃してる。他の獣耳族の男が、カリサが来るより先にこのあたりをうろついていたっていうのに、間違いはなさそうだ」

「村に残っている男って、私と同じくらいの身長のおじいさんか、小さい子ばっかりよ。私より大きいっていうなら、私の仲間じゃないわ」

「そうだな……他の大人の男たちは、みんな狩りに出かけてるんだろう?」

「うん。冬にはまだ早いから、戻ってくるはずがないし。もし戻ってたら、匂いでわかる」

話しながら、ひとまず袋小路を出て薬問屋のあたりに戻った。

「絶対にカリサではなかったことは、店主たちが証言してくれるだろうから、俺は一度教会に戻ってハイド神父に話をしてくる。ハイド神父が指図すれば、他の奴らと手分けして獣耳族の男を探せるだろうから――」

ギルバートがそう言った時、道の向こうから大きな声が聞こえてきた。

「おい、ロジーの父親はまだ戻らないのか！　早くしないと間に合わないぞ！」

「隣の町まで商売に行ってるんだ、早馬を出したけど――」

ギルバートが駆け出し、声を上げている街の人間の腕を摑んだ。

「何かありましたか」

「ああ――修道士様。診療所で、ロジーが全然目を覚まさずに、急に体が冷たくなってきたって」

「そんな、大した事はなかったはずでは」

「だから急変したんだ！　医者に早く母親以外の家族も呼ぶよう言われたんだが、なかなか連絡がつかないんだ」

早口に説明すると、街の男は慌ただしく走っていった。

怪我をした子供が、危ないのだ。

「ギルバート――」

「俺は一度診療所に寄って様子を見てから、教会に戻る。カリサは……ここにいた方がいいな、薬問屋の店主に話して、中に入れてもらえ」

「う、うん」

カリサの肩を叩いてから、ギルバートもあっという間にその場から走り去る。

ひとり残されたカリサは、周囲にいる人間たちが、皆遠巻きに自分を見ているのがわかって、俯いた。冷たい目。子供の具合が悪くなったのが、カリサのせいだと言わんばかりに。

その視線から逃れるように、カリサは薬問屋に戻った。だがドアの前に、閉店のプレートがかけられている。まだ夕方前だが、最近歳を取って体が辛《つら》いと言っていた店主の店じまいは早いらしい。わざわざドアを開けてもらうのも気が引けて、それに気持ちも落ち着かず、カリサは足音を殺してその場を離れた。

（逃げたっていう獣耳族を、探そう）

万が一――考えたくもないが、あの子供が死んでしまったら、街の人間たちはもう収まりがつかないだろう。カリサを、村の仲間すべてを本気で追い遣《や》りにかかるかもしれない。怒りに満ちた人間たちに囲まれた時の恐怖をカリサは思い出した。ギルバートがどう説得してくれても、あれ以上に人間が怒り狂った時、止められるなんて思えなかった。

本当の犯人をみつけて、カリサが関わっていないことの証《あか》しを立てない限りは。

人目を避けながら、辺りを見回し、カリサはそろそろと進んだ。逃げた獣耳族も、きっと人間にみつからない方へと進むに違いない。

（でも、全然そういう匂いがしないな……）

人間とは違う、自分たちの仲間とも違う匂いも探してみるが、一向にカリサの鼻には引っかからない。もうとっくに街から出て行ってしまったのだろうか。いや、この街はずいぶん広い。賑《にぎ》やかな市場より向こうには行けないだろうから、逃げるのであればカリサたちの村がある方だろう。

鼻と耳と目を最大限に研《と》ぎ澄《す》ませて、足音は忍ばせながら、カリサは獣耳族の気配を探す。

そのうちに、いつの間にか、ランプ屋があるのとは別の袋小路に迷い込んでしまった。

（こっちにはいない、か――）

小さく溜息をついて元来た方へと戻りかけたカリサは、背後から物音を聞いて、ハッと振り返った。

「え……ッ」

大きな影が視界に拡がる。男だ。大柄の男が、両手を広げてカリサの方へ飛びかかってくる。

（『耳付き』！）

その影には耳がある。だが――獣耳族の気配なんてしなかった。

（どういうこと⁉）

混乱している間に、カリサは男の手で口を塞《ふさ》がれそうになり、咄嗟に身を躱《かわ》した。その腕を、大きく回した足で蹴《け》り上げてやる。

「痛《いて》え！」

悲鳴が上がる。が、カリサは無意識に手加減していた。相手が普通の獣耳族なら、遠慮なんてせずに突き飛ばして、爪や牙《きば》を使ってやるのに。

「こいつっ」

再び、男がカリサに体当たりしてきた。もう一度蹴ってやるか、それとも身を躱すか、迷ったせいで動きが鈍《にぶ》る。そこにつけ込まれ、カリサは足許《あしもと》を掬《すく》われ、地面にうつ伏せに倒れてしまった。

「おとなしくしろ、耳付き！」

太い指で、首を押さえつけられた。ぐっと太い血の管の上を摑まれ、一瞬、気が遠くなる。

（嫌――ギルバート！）

心の中であの修道士に助けを求めた時、

「グッ」

がつんと鈍《にぶ》い音と共に、男の呻《うめ》き声が聞こえたと思ったら、首を押さえる指の力が弱まった。

次には背中に重みが来る。

「なっ、何」

慌てて身動《みじろ》ぎ、背中に乗ったものを振り落とす。そのまま身を起こして振り返ったところに、両手で棒状の木材を握り締めるフィオナの姿をみつけて、カリサは呆気《あっけ》に取られた。

フィオナは真っ青な顔で、見てわかるほどにがくがくと震えていた。

「だっ……だ、大丈夫、ですかっ⁉」

「うっ、うん！」

なぜ、フィオナが。理由はわからないが、フィオナが棒で男を殴りつけて、助けてくれたらしい。獣耳族の男を気絶させるなんて、か弱そうに見えて、フィオナは相当力持ちなのか――

そう訝りながら、地面に転がる男を見下ろしたカリサは、大きく目を見開いた。

耳が、落ちている。仰向《あおむ》けに転がり白目を剝いて泡を吹く男の横に、獣の耳がふたつ、転がっていた。

「わ、私、せ……殺生《せっしょう》を……」

ぴくりともしない男を見下ろして、握っていた棒を取り落とし、フィオナが泣き出しそうな顔になる。カリサは落ちていた耳を拾って、彼女に見せた。

「贋物《にせもの》の、つけ耳」

「――え？」

「人間だわ、この男。目を回してるだけだから、死んでない」

爪先《つまさき》で軽く腹の横を蹴ると、男が白目を剝いたまま呻《うめ》いた。やはり、生きている。フィオナが棒で殴っただけで倒れたのは、ただの人間だったせいだ。

「ど……どういう、ことですの？」

「わかんない……でも多分、こいつが犯人だわ」

そうとしか思えなかった。この男が、ロジーという子供に怪我をさせて、逃げ出した、張本人だ。

「とにかく、ギルバートのところに持っていこう、こいつ」

「持っていくって、どうやって……」

「担《かつ》いでいくわ」

「こんなに大きいのに、無理でしょう！　私、ギルバート様を呼んでまいります」

「その間に目を覚まして逃げちゃうわ、たまたま当たり所がよかったから引っ繰り返ったけど、あんたの力で叩いたくらいじゃ、大した痛手になってないはず」

「で、では、何か縄のようなものをお借りしてまいります！」

そう言うと、フィオナは止める間もなく駆け出した。

「別にそんなものなくて、大丈夫なのに……」

でも、とにかく彼女は、カリサを助けてくれたのだ。

妙にほっとした気分になりながら、カリサは男を担ぎ上げるためにしゃがみ込んだ。

「……きゃぁ……」

その時、フィオナの走り去った方から、頼りない悲鳴が聞こえた。

「フィオナ!?」

反射的に振り返った時、ツンとした刺激臭が鼻腔《びくう》を掠《かす》り、急に目の前が白くなる。声を出そうとした口を、何かが塞いだ。

「……ぅ……」

息を吸い込んだ唇に、刺激臭の塊《かたまり》が飛び込んでくる。

一体、何が起きたのかわからないうち、カリサは意識を失っていた。

7

か細い泣き声が聞こえる。

あまりに怯《おび》えきって震える声に胸が痛くなって、カリサは目を覚ました。

「……ん……」

啜《すす》り泣きが、一瞬止《や》んだ。

「カリサさん……？　気づきましたか……？」

囁くような声。フィオナのものだ。

自分の体がどうなっているのか、よくわからない。

「急に、動かない方がよろしいですわ。手と脚を縛られています」

「え――」

カリサはどうにか重たい瞼《まぶた》を開いた。真っ暗な場所で、たしかに手脚の自由を奪われ、横たわっている自分の状況を、カリサはようやく把握した。

明かりはないが、夜目《よめ》が利《き》くカリサには、すぐそばに座り込んでいるフィオナの姿がはっきり見える。彼女もどうやら後ろ手に縄を打たれ、身動きが取れないようだ。

「う……」

カリサは何とかして、身を起こそうと試《こころ》みた。だが、まったく体に力が入らない。手を縛られたくらいで、そんなはずがないのに。

(何か……嗅《か》がされた)

どこか霞《かすみ》がかったような頭で、そう考える。道で目を回している男を担《かつ》ごうとした時に、別の誰かが近づいてきて、薬の染みこんだ布のようなものを口に押しつけられたのだ。それで気を失った。

(植物の、毒だ)

獣を狩る時にカリサたちも使う薬。人間なら少し口にするだけで三日は昏倒《こんとう》するが、獣ならほんのしばらく動きを止められる。獣耳族なら――数時間、まともに動けないかもしれない。

「男の方たちが、三人……気を失ったカリサさんと私《わたくし》を、ここに運んできました。私も目を塞《ふさ》がれて、気を失ったふりをしていたのではっきりとはわかりませんが、まだ街の中です」

涙声だったが、思いのほかしっかりした口調で、フィオナが囁くように状況を説明してくれる。

「おそらく、廃屋《はいおく》かどこかなのだと思います。まだ日は暮れきっていないはずだから、あらかじめ窓が全部塞がれているのかと。男の方たちは一度ここを去りました。暗くなったら馬か馬車を連れて、くると……話して……」

最後の方は、気丈に話していたはずのフィオナの言葉が、途切れがちになった。再び泣き出してしまったようだ。

「ごめんなさい……ごめんなさい、私が、不確かなことを言ったりしたから」

「え……？」

「耳のついた影を見たことは嘘じゃありませんわ。でも、カリサさんでないことは、わかっていたんです。街の皆様にきちんとそうお伝えしたらよかったのに……私……」

悔やんでも悔やみきれないというように、フィオナがしきりにしゃくりあげている。

「ハイド神父への伝言は、たまたま行き合った他の修道士の方にお願いして、教会には戻らなかったんです。子供に怪我をさせたのがカリサさんの仲間なら、ギルバート様が危ないのではと思って、カリサさんたちの様子を窺って……真剣に犯人を探す様子を見て、カリサさんは関係ないって気づいて……すぐに謝ればよかったのに……」

フィオナが近くにいたことに、カリサはまったく気づかなかった。

そのくらい獣耳族の気配ばかり気にしていたから、あの男たちにも不意を突かれてしまったのだ。

「本当に、ごめんなさい。私、獣耳族が恨めしいばかりに、何もしていないカリサさんをこんな目に遭《あ》わせてしまって」

「……恨めしい……って、……どうして……?」

唇も、まだうまく動かない。頭がぼんやりしたままで、喋《しゃべ》っていなければまた気を失ってしまいそうだ。カリサは必死に意識を凝《こ》らし、フィオナに訊ねた。

「……私、この街に来る前は、王都に近い、もっと大きな街で暮らす貴族の娘だったんです」

貴族――人間の階級だ。この国には王様という、サネルマのように偉い人間がいて、その次に偉いのが貴族という奴だ。神様とは違うらしい。

「でも、貴族とは名ばかりで、父が事業に失敗して、多大な借金を背負ってしまって。……そこに、獣耳族の男の方が現れて、私を妻にすれば借金を肩代わりしてやると、父に言ったそうです」

「……妻?」

「その獣耳族は、人間には作れない薬や細工物を作り、珍しいもの好きな貴族たちに売りつけて、たくさんの財産を築き上げたと。私が暮らしていた土地では、社交界に獣耳族が現れることが、近頃珍しくなくなってきました。私との婚姻を望んだ獣耳族は、お金の代わりに、私の父の持つ爵位《しゃくい》が欲しかったのだと思いますわ。その肩書きがあれば、王宮にも入れますもの」

「……」

人間の世界のことは、カリサにはよくわからない。

ただ、フィオナは結婚するにはまだ幼く、その獣耳族と番《つがい》になるなんて、まったく望んでいなかったというのは伝わってきた。

「人の弱味につけ込むなんて、ひどすぎます。私にも心がありますわ。大好きな人の奥方になりたいって、夢見てきたのに。ようやく社交界にデビューしたばかりで、これから、きっと恋をしたり……するんだろうって……」

フィオナは言葉をなくして、涙をこぼしている。

（そうか、それで……獣耳族が嫌いなんだ）

獣耳族の中には、人間の地位に取って代わろうという野心家もいるらしいと、カリサも話くらいは聞いたことがある。強引な手段で人間の社交界に入り込み、人間のような服で着飾って、金に物を言わせて何もかも奪い取ると。

「ひどい」

カリサは少し、声を荒らげた。憤《いきどお》りが止まらなかった。

「え……？」

「その獣耳族の男って、ひどすぎる。フィオナのこと、本当に、何だと思ってるの。ものを売り買いするみたいに人をやり取りするなんて、ずいぶんな話だわ」

「……」

「逃げて正解だと思う、私だってそんなことされたら、逃げるに決まってる。フィオナ、たぶん、私より年下でしょ。私だってまだ成人してないのに、人間はもっとおとなになるのが遅いって聞いたし」

フィオナがかすかに目を瞠《みは》っていることに気づいて、カリサは不思議になった。

「私、何か変なこと言った？」

「……いえ……、……同じ獣耳族を責めれば、気を悪くなさるものとばかり思っていました」

「人間にも嫌な奴っているでしょう。獣耳族も同じよ、よその群れで、どうしてもいけ好かない奴と会ったこともあるし。嫌な獣耳族より人間の方がよっぽど信用できる場合だって、あるわ」

そう言いながら、カリサの頭には、あの銀髪《ぎんぱつ》の修道士の姿が浮かんでいた。

「でも、えっと、人間と獣耳族って、結婚できるの？」

訊ねたカリサに、フィオナが曖昧《あいまい》に首を振る。

「わかりません。私たちの法律には、獣耳族との婚姻については書かれていませんから。教会の教えにも」

おそらく人間にとっては、獣耳族との結婚など、考えるまでもなくあり得ないことなのだろう。だからわざわざきまりに記《しる》されていない。

そしてカリサの知る限り、カリサの村においても、人間と結婚してはいけないとか、してもいいとか、そういうきまりはなかった。

「私は絶対に嫌だと部屋に閉じこもっていましたけれど、毎日のように、相手の方から手紙が来るんです。まだ人の言葉を書くことは覚えていないのか、私には読み取れない文字で……毎日、毎日、怖ろしくて。耐えきれずに、侍女《じじょ》の手を借りて屋敷から逃げ出しました。別の街で神父をなさっているという彼女の遠縁を頼って、この街の教会に助けを求めて、修道女見習いになったのです。神々に誓いを立てて正式な修道女になれば、生涯婚姻はできませんから」

フィオナは力を籠《こ》めた声で話していたが、不意に、肩を落とした。

「でも……私、結局その手紙を読みもしないで、相手を知ろうともしないで、勝手に怖がっていたのかもしれません。相手が獣耳族でなくても、お金に換えられるような婚姻は、嫌だったと思うのに……きっと、最初から獣耳族が怖ろしいと思っていたから、余計に怖かったのだわ……」

「……そっか」

正直なフィオナに、カリサは笑みを漏らした。それに気づいたのか、フィオナが項垂《うなだ》れている。

「ごめんなさい……」

「いいわ。私たちだって、人間が怖いもの」

「え──そうなんですの？」

「うん。さっき、人間たちに囲まれた時、怖くて泣きそうだった。街に来るたびに、人間たちにじろじろ見られて、ずっと不安で……だからギルバートが一緒にいてくれて、嬉しかった」

「……」

「それに、あんた……フィオナが助けようとしてくれて、嬉しい。自分よりうんと大きい男、しかも獣耳族だって思ってたんだから、すごく怖かったでしょう？」

「ええ。……でも、私のせいだって思ったら、逃げたりできなくって。必ず後悔しますもの」

「いい子ね、あんた」

「え？」

「フィオナは私を嫌いかもしれないけど、私はあんたのこと、結構好きかも」

動機はどうあれ、勇気を振り絞《しぼ》って自分を助けようとしてくれた相手を、カリサが嫌いになれるわけがなかった。

「……私……相手の獣耳族の方とも、もしかしたら、きちんとお話したらよかったのでしょうか」

泣き止《や》んだフィオナが、まだかすかに洟《はな》を啜りながらも、そう呟く。

「せめて手紙を読んでいたら……でも、周りの者は誰も獣耳族の文字はわからなかったし……」

「気になるなら、私が教えてあげるから、あとで返事を書いてみたら？　家の場所さえわかれば、郵便屋っていうのが届けてくれるんでしょ」

「……そう……ですわね」

フィオナが頷いたことに、カリサは顔を綻《ほころ》ばせかけた。

が、複数の人間の足音が聞こえて、表情を消す。

「フィオナ、後ろ、壁際に行って」

まだ体は動かない。それでもせめて、フィオナを自分より後ろに庇《かば》いたい。そう思ってカリサが指示した直後に、部屋のドアが開いた。

男が二人入ってきた。ひとりは蠟燭《ろうそく》を手にしている。急な明かりが眩《まぶ》しくて、カリサは咄嗟《とっさ》に顔を背《そむ》けた。

「お、耳付きの姉ちゃんも、起きたか」

下卑《げび》た声。それだけでカリサはたまらなくムカムカした。

「もう少ししたら、移動するからな。ま、やることもないだろうから、適当に寛《くつろ》いでてくれや」

「寛げるわけ、ないでしょ。あんたたち、一体何なの」

精一杯声を張って訊ねたカリサに、男たちが笑い声を上げる。

「おお、すげぇな。こいつ人の言葉を話しやがるぞ」

「ますますいい値で売れそうだ」

売れそう、という言葉に、カリサはぞっと背筋が粟立《あわだ》った。

「何しろ人よりも、耳付きの方が最近受けがいいんでさ。この街に出入りしてる耳付きの可愛いのがいるって聞いて、はるばる取《と》っ捕《つか》まえに来たんだ。知ってるかい？　ここんとこ、上流階級の人間の間で、耳付きに首輪をつけて言うことを聞かせたり、檻《おり》のついた部屋にぶち込んで見世物《みせもの》にするのが、密《ひそ》かに流行《はや》ってるってさ」

カリサは言葉を失った。背後でフィオナも息を飲むのがわかる。

「しかし獣耳族っていうのは、あれだな。野っ原の中にいりゃあ警戒心が強くて近づけもしないのに、迂闊《うかつ》に人間様のいるところに混じると、簡単に油断しやがる」

「ああ、こっちがちょっとお仲間のふりをして、ポカーンとしたところに薬で一発。それでまあ、半分はうまくいくんだから、楽な商売だよ」

手柄自慢のように話す男たちの言葉に、カリサは震えが止まらなかった。

怖ろしいわけではない。怒りのせいだ。

「しかもそっちの修道女の小娘も、まだ青臭いが結構な上玉《じょうだま》じゃねえか、なあ？　それはそれで、喜ぶ貴族がいるもんだ。スケベ爺《じじい》に叩き売るのもいいし、可愛い若い娘をいたぶるのが好きな年増《としま》女《おんな》にくれてやるのもいいし――」

「どうして子供を傷つけたの。あの子のことも、攫《さら》おうとしたの？」

聞き難《がた》い言葉を遮《さえぎ》って、カリサは訊ねた。男たちは一瞬何を言われているのかわからないように目を見合わせたが、片方がすぐに思い出したのか、また笑い声を上げた。

「ああ、あのガキか。おまえがまた街に現れたってんで、捕まえるために可愛い獣耳をつけて身を潜《ひそ》めてたところを、みつかっちまってな。ギャアギャア泣くもんで黙らせてやったんだよ」

「――」

「ちょっと突き飛ばしたら吹っ飛んだけど、何だ、おっ死《ち》んだか？」

「……言いたいこと、それだけ？」

怒りを押し殺した声で、カリサは訊ねる。

「おん？　粋《いき》がるなよ、耳付き。薬をかがされて、まだ指一本だって動かねえだろうに」

「どうかしら」

カリサは縄で縛《いまし》められた手首に、力を入れた。少し痛かったが、ぶつりと、幾重《いくえ》にも巻かれた細い荒縄が千切《ちぎ》れる。

「お……おい……？」

様子に気づいたのか、男たちの顔色が変わる。急に怖《お》じ気《け》づいた男たちを笑ってやる気すら起きず、カリサは自由になった手で、足首に巻かれた縄も解《ほど》いた。

「やべぇ――」

男たちが逃げ出そうとするが、遅い。

狩りの練習にもならない。

カリサは跳ね上がるように立ち上がり、そのまま、男たち目がけて駆けた。

◇◇◇

「け……怪我は、ありませんか、カリサさん」

震える声で、フィオナが訊ねる。

「ひとつも」

カリサは振り返って、にっこり笑った。フィオナが怯《おび》えているわけではなく、興奮しているせいで震えているのだと気づいていたから、つい笑顔になってしまった。

カリサの足許《あしもと》には男が三人、目を回して倒れている。逃げ出そうとした二人を手早く捕まえて、まとめて遠慮なく床に押さえ込んだら、それだけで二人とも気絶してしまった。自分とフィオナを縛っていた縄で二人をきつく縛り上げた時、外で見張りをしていたらしき三人目が異変を察して姿を見せたので、好都合とばかり頭を拳骨《げんこつ》でポカリとやって、これも目を回したところを、シャツを剝《は》いで破って、それで手脚を縛《いまし》めてやった。

三人纏《まと》めて部屋に放り込み、フィオナと一緒に外に出てから、その辺りにあったもので扉を塞いだので、彼らは当分逃げられないだろう。

「とにかく急いで、ギルバートのところに行こう。フィオナ、子供が連れてかれた場所ってわかる？」

「ええ、お医者様の診療所ですわね。わかりますけど、ここがどこなのかが……」

外は陽が落ちかけ、薄暗くなっている。目を塞がれて運び込まれた家が、街のどの辺りにあるのかカリサはわからず、フィオナもすぐには見当がつかないようだ。

「まず、人のいる場所へまいりましょう。おそらくは、ひと気《け》のない辺りに連れてこられたのだと思うので」

「よし、じゃあ、急ごう。人の気配が多い方に走るわ」

カリサはそう言って、フィオナを抱え上げた。フィオナは驚いた顔をしたが、大人しくカリサの腕の中に収まっている。先ほど男三人を軽々叩きのめした姿を見て、自分ひとり抱えるのくらいはカリサにとって苦でもないと悟《さと》ったのだろう。

フィオナを抱えたまま、カリサは走り出す。ずいぶんと街の外れに連れてこられたようだが、カリサの足なら中心部に向かうまでにそう時間はかからない。

途中でようやく道を把握したらしきフィオナの案内で、カリサは市場のあるあたりを通り過ぎ、診療所へと向かった。

「あちらです！」

店が建ち並ぶ通りを越えると、人間の家が密集する地域に出た。小さな山を切り開いて作った住宅街のようで、カリサの指し示す診療所はその中腹《ちゅうふく》あたりにあった。どうりで、ギルバートも老医師を背負っていたわけだ。

「摑まっててね！」

カリサは階段状になった坂道を、数段抜かしに駆け上がる。すぐに診療所の前に辿り着いた。

そっとフィオナを地面に下ろし、診療所のドアを開ける。

狭い建物はドアを開けてすぐのところに診療室があり、ギルバートの姿が見えた。ドアの開く音に反応して、彼だけではなく、診療台を囲んだ数人の大人たちも一斉にカリサを振り返った。

「あなた……」

泣き濡れた顔で、まなじりを決してカリサに詰め寄ったのは、子供の母親だった。

「あなたが！　あなたのせいで！」

半狂乱になってカリサに摑みかかろうとする母親を、ギルバートが止めようとした。だが怒りに任せた母親の力は驚くほど強く、ギルバートの腕を振り払う。

「この子はもう目を覚まさないかもしれないのよ！　冗談じゃないわ！」

「待ってください、奥様、カリサさんは悪くありませんわ！」

カリサの後ろでフィオナが声を上げるが、母親の耳にも届かないようだ。

母親の興奮に触発されたように、他の人間たちも一斉にカリサの方へと近づいてくる。怖くなって、カリサは後ずさった。

「逃がさないわよ！」

とにかく、一度落ち着いて、話を聞いてもらわなくては。子供を害した男たちは捕まえたのだ。

狭い診療所内で揉《も》み合えば、人間の方が怪我をするかもしれない。カリサは後退《あとずさ》りながら診療所のドアから外に出た。そして、出てすぐに段差になっていることを失念していた。

「息子に謝れ！」

母親と並んでカリサに手を伸ばす男は、子供の父親か。あまりに悲しげな顔に痛んだカリサの胸を、男が強く突き飛ばした。

「あ……っ」

踏み止《とど》まろうとしたが、段差のせいで空足《からあし》を踏む。カリサは体のバランスを崩して、後ろに転びそうになった。立て直そうと慌てて手脚をばたつかせる姿が、自分たちから逃げ出そうとするように見えたのだろうか。怒りと悲しみに満ちた人間たちの手が、次々カリサの方へと伸びてくる。

「カリサ！」

悲鳴のようなギルバートの声。

「危ない……！」

フィオナの叫び声も聞こえた。人間たちに突き飛ばされて、転がり落ちるはずだった地面がない。

（あ——崖《がけ》、だ）

山を切り開いて作られた家々、その前に左右に伸びる細い道、道の端には低い柵《さく》があるばかりで、向こうは崖だ。どうにか、踏み止まらなくては。そう思ったのに、カリサの足から力が抜けた。目の前が白く霞《かす》む。子供を傷つけた男たちに嗅がされた薬は、怒りに任せて振り払ったはずなのに、まだ体の中に残っていたのか。

「カリサ――！」

もう一度、ギルバートの叫び声。彼の手もカリサの方へ差し出されるのに、それを取ろうとカリサも手を伸ばし返したのに、届かない。

そこでカリサは、再び意識を失った。

◇◇◇

「……痛い……」

あちこち、ずきずきする。

特に頭が痛い。痛いのに、その頭をぎゅうぎゅうと抱え込まれている気がして、カリサは呻き声を漏らした。

「カリサ」

ギルバートの声。カリサは無理矢理瞼を開いた。今日はひどい目に遭ってばかりだ。

見上げると、間近にギルバートの顔。その向こうに、青々と茂った木々と、崖。

（ああ、落ちちゃったのか）

みっともない。人間に突き飛ばされたくらいで。まあ、薬のせいか、仕方ない。

また全然体に力が入らないけれど、きっと少ししたら、動けるようになるだろう。

「……あいつら全員、カリサと同じ目に遭わせてやる」

カリサは楽観的なのに、ギルバートが押し殺した低い声で言うので、驚いた。

「ギルバート？　どうしたの、そんな、怖い顔……」

そういえば、ギルバートの他に、周囲に誰の姿も見えない。まあ、崖から転げ落ちた獣耳族の娘を、わざわざ長い階段を駆け下りて追いかけてくれる物好きなんて、ギルバートくらいか。

「カリサ、目を閉じるな」

ふと意識が遠のきかけた時、強く肩を摑まれて、カリサは目を覚ました。

さっきから、やけに頭がくらくらする。――薬のせいだけではない気がして、少し、怖くなった。

「今、フィオナが医者のじいさんを連れてきてくれるから」

「そっか……あの子、いい子ね」

笑ったフィオナを見下ろし、ギルバートがきつく奥歯を嚙み締めるような顔になる。

「人間なんて」

「――え？」

「あいつら全員、許さない」

「ギルバート……？」

「あんたはこんなに優しい、あんたこそ、いい子なのに」

ギルバートの目に、涙が溜まっている。それが不思議で、可哀想で、カリサは彼の目許《めもと》を拭ってあげたいのに、腕が持ち上がらない。

「あんたがもし死んだら、絶対、全員、呪ってやる。人間だけじゃない、神様もだ。祈りなんて何の役にも立たない。そんなの俺は、ずっと前から知ってたけど——」

私は大丈夫だから、泣かないで。

そう言ってあげたかったのに、カリサはもう唇も動かせないまま、空に吸い込まれるように意識を失いかけた。

「ギルバート様！　カリサさんは……！」

間遠に、フィオナの声が聞こえる。

「よしよし坊主、その嬢ちゃんを診《み》せなさい、ほら、手を離すんだ」

優しく頬に触れるかさついた手。医者が、ようやく崖の下まで辿《たど》り着いたのか。

「さっきもお伝えしましたけど、カリサさんは、何か薬を嗅がされて……」

「どれ、獣耳族を診《み》るのなんて初めてだが——瞳孔《どうこう》も正常、綺麗な目だな。脈は……ちょっと弱いかな」

「早くどうにかしてくれ！」

「慌てるな坊主。カリサ？　聞こえるかね？」

頷こうとしたが、カリサにはもう少しの力も残っていなかった。

（もう……駄目……）

目が回る。

体から、変な音が出た。

「ああ――こりゃ、あれだ。腹が減ってるんだ」

「は？」

「腹ぺこで目を回してるだけ。坊主、家に送ってやれ。何か食べさせればすぐに気がつくだろ」

さすが獣耳族だ、この高さから落ちて掠《かす》り傷ひとつない――感心したような医者の声と、自分のおなかの鳴る音を聞きながら、カリサは今度こそ意識を手放した。

8

目の前で何度も溜息を吐かれて、カリサはずいぶん気まずかった。

「そ、そんな目で、見ないでよ。朝も昼もまともに食べられなくて、おまけにもう夕方で、本当に、おなかがすいてたんだもん」

丘の上の自分の家、その寝台の上。

そこでカリサは目を覚まし、ギルバートから差し出されるまま、屋台で買ってきてくれたらしき料理を、つぎつぎと口に運んだ。

飲み込むごとに、力が湧いてくる。

「食べてないって、どうして」

「どうしてって言われても……」

生クリームのたっぷりかかった甘い麺麭《パン》を口に入れて、カリサは曖昧《あいまい》に言葉を濁《にご》した。

ギルバートに冷たくしたことを悔やんで、会えないのが寂しくて、食欲がなかった、だなんて。

少なくとも、こうして次から次へと食べ物を口に詰め込んでいる状態では、白状したくない。何となく。

「それよりギルバート、ここに来て、大丈夫だった？」

カリサの家は橋のこちら側、言うまでもなく獣耳族《じゅうじぞく》の村の中だ。

「橋を越えたあたりでサネルマさんが様子を見に来たけど、事情を説明したら、入っていいって言ったぞ。カリサが目を覚ますまでついててくれって」

「そう……なんだ」

サネルマに知られるのが一番まずい気がしていた。ギルバートに肩入れするなと何度も言われたのに、勝手に街に行って、気絶して、ギルバートに抱えられて帰ってきたなんて。

「ほら、水も飲め。喉《のど》が詰まるぞ」

「ありがと」

ギルバートが用意してくれた食事のすべてを平らげて、カリサはようやく落ち着いた。

「ああ、びっくりした。崖から落っこちそうなところまでは覚えてたんだけど、落ちた時は薬のせいで目を回してたのよね。勝手に体が動いて、うまいこと地面に着いたのかな」

獣耳族の頑丈《がんじょう》さなら、多少の高さから落ちようが怪我もしない。たとえ骨くらい折れたところで、数日寝床で丸まっていれば、すぐに動けるようになる。

「耳付きでよかったわ、私」

冗談めかして言ったカリサは、ギルバートがひとつも笑っていないのを見て、何だか気まずい心地になってしまった。

「……そんなに呆れたの？」

きっとギルバートはとても心配してくれただろうに、ただおなかがすきすぎただけだなんて。

「怒ってる？」

「ああ」

「……ごめん」

「あんたのことじゃない」

「え？」

「あんたを傷つけた奴らに対してだ」

しょんぼりと項垂《うなだ》れていたカリサは、驚いて顔を上げた。

「傷なんて、ついてないったら。ほら、すごく頑丈なんだから、私たちって」

つとめて明るく言って、自慢げに両手を広げてみせるのに、ギルバートはにこりともしてくれない。

どこか思い詰めたような顔で、眉を寄せている。

「だから嫌いなんだ。人間なんて」

「え……？」

「俺は絶対許さない、あんたを傷つけた奴も、助けなかった奴も。……俺のことも」

ギルバートの言っている意味が、わからない。カリサはじっとギルバートをみつめた。今度はギルバートの方が目を伏せてしまった。

「人間なんてろくでもないって知ってたのに。あんたを街で連れ回さなけりゃよかったよ」

悔やみきった声で、ギルバートが言う。

「あんたは人間を恨んでないって言ったけど、俺は恨んでるよ。俺の家族を助けてくれなかった奴らを。見殺しにした人間全員」

「……」

それほど、辛《つら》い思いをしてきたのだろうか。

今日初めてギルバートの生い立ちを聞いた時も、辛かったのだろうなと気付きはしたが。

カリサの想像の何倍も何十倍も、辛くて、悲しくて、寂しかったのだろうか。

初めて見るギルバートの表情に、カリサは釣られて泣きたくなった。

「……なら、私も、恨まれるのね」

呟いたカリサを目を上げて見返し、ギルバートが苦笑する。

「何で、あんたが?」

「だって私だって、ギルバートの父さんや母さんを助けられなかったから」

「あんたはその場にいなかった。そもそも種族が違うんだ、助ける義理はないだろ」

自分を擁護《ようご》するようなギルバートの言葉に、カリサは首を傾《かし》げた。

「そうかしら。人間でも獣耳族でも、同じことだなって私は思うけど。だから私は恨まないし、自分の手の届く範囲なら誰のことでも助けたいって思ってる」

「……お人好しにもほどがある。全員は助けられないぞ？」

「だから、隣にいる人の力になりたいんだってば。自分と違う、獣耳族じゃない、人間だとしても」

カリサはそっと、ギルバートの手に触れた。

「ギルバートがひとりになってしまった時に、そばにいたかったな。それで、おいしいごはんを作って、食べさせてあげたかった。そしたらちょっとくらいは、元気になれたかもしれないし」

「……ちょっとどころじゃないな、それは」

やっと、ギルバートが笑ってくれた。

「私は大丈夫だから、ギルバートが傷つかないで。私、あんたが泣くのは嫌よ」

「泣いたか、俺は？」

とぼけるつもりらしい。カリサは親切心を発揮《はっき》して、「見たし、覚えてるわよ」と教えてあげるのはやめておくことにする。

自分のための涙だとしたら、からかったりしたくもない。大切にしたかった。

「ああ、でも、何だかまだ眠たいわ」

もっと話していたいと思いながらも、カリサは堪《こら》えきれずに大欠伸《あくび》を漏らした。せっかく目が覚めたはずなのに、たくさんごはんを食べたせいか、また頭がくらくらしてくる。

「急に血が巡ったせいか？　もう満腹なら、ゆっくり眠った方がいい」

「うん……でも」

カリサは、ギルバートに触れた手が離せない。それに気づいたように、ギルバートがもう一方の手で、カリサの手を包み込んだ。

「いていいなら、ここにいる」

「……いてね。目が覚めた時にいなくならないでね」

「居座ったことを村長《むらおさ》に叱られたら、取りなしてくれよ」

「大丈夫、きっとサネルマ様は怒らないわ。ギルバートが眠たくなったら、ここ、使っていいからね」

寝台の上、自分の隣をカリサが叩いたら、ギルバートが妙な顔になった。それを見てやっと、カリサは自分の言ってしまった言葉の意味に気づいて、赤くなる。

「そ、そういうんじゃないの、ただこの家は狭くて、他に寝床《ねどこ》もないし……」

「わかったわかった。修道院や救貧院《きゅうひんいん》に比べたら宮殿みたいなとこだ、屋根があればどこだって眠れるから、あんたもそこで、安心して眠れ」

ぽんぽんと、夜具の上から優しく体を叩かれる。それでカリサはギルバートの言うとおり安心して、今度は気絶ではなく、安らかな眠りに就《つ》くことができた。

◇◇◇

怪我をしたロジーは、その日の夜のうちに、目を覚ましたらしい。

話を聞きつけた薬問屋の店主がカリサの作った気付け薬を診療所に運び、ロジーに嗅《か》がせたところ、医者も驚くくらいあっさりと目を覚ましたそうだ。

次の日の夕方に、一度街に戻ったギルバートにそれを聞いて、カリサは心から安堵した。

「親が、あんたに謝りたいってさ。興奮してひどいことを言って、ひどいことをしたとか、何とか」

再びカリサの家にやってきたギルバートは、不機嫌丸出しだ。

「私が許すんだから、ギルバートは怒らないでよ。私の薬が役に立ったなら嬉しいし、獣耳族の作ったものを気にせず使ってくれてありがとうって言いたいくらいだわ」

「お人好しめ」

ギルバートはまだむすっとしているが、カリサが落ち着くようにと腕を叩いたら、気を取り直したように息を吐いた。

「フィオナも。改めてあんたに詫《わ》びと、礼を言いたいってさ」

「フィオナも怒らないでよね。あんたにとっては、妹みたいなものなんでしょ」

さらりと言うつもりが、多少、皮肉っぽくなってしまったかもしれない。

誤魔化《ごまか》そうと咳払《せきばら》いしてみたものの、つい今の今まで不貞腐《ふてくさ》れていたはずのギルバートの目は、やけに興味深そうなものに変わってカリサに向けられてしまった。

「カリサは妹とは全然違う方面で可愛いから、フィオナと同じように扱ってやれなくて、悪いな」

わざとらしいくらい深刻な口調で言われ、カリサは一瞬言葉に詰まる。

丸一日は寝ていろとギルバートに言われていたが、カリサは我慢できず、寝台から飛び起きた。

「からかわないで！　私はあんたが泣いたの、言わないであげてるのに」

今度はギルバートがぐっと言葉に詰まる番だった。

「それはもう、忘れろって……」

勝った気分でカリサがほくそ笑んだ時、玄関のドアが叩かれる。

「あ――サネルマ様だわ」

気配でそれとわかって、カリサはそのまま床に下りた。寝台のそばの椅子に腰掛けていたギルバートも立ち上がる。

カリサが返事をすると、ドアが開き、思ったとおりサネルマが姿を見せた。

「もういいようだね、カリサ」

「はい。ご心配おかけしてごめんなさい、サネルマ様」

やってきたのはサネルマひとりだった。ギルバートが黙って彼女に向けて頭をさげている。

サネルマがカリサからギルバートへと視線を移す。

「また来たんだね、お若いの」

「何度も立ち入って、申し訳ありません」

生真面目《きまじめ》な態度で、ギルバートが詫びる。

サネルマが、何かを言おうとして、迷うような素振りをしながらそんなギルバートをみつめ、それからカリサに目を戻した。

「――この子に、ずっとついていてくれて、ありがとう」

感謝の言葉を告げるサネルマに、カリサは驚いた。

てっきり、サネルマがギルバートを追い出しにきたのかと思っていたのだ。

「あの……サネルマ様、ギルバートが……人間が、村の中にいても、いいんですか?」

自分がまた来てほしいと言って来てもらったので、叱るなら自分だけにしてほしいと、頼むつもりだった。

だがサネルマは小さく頷いた。

「別に、人が立ち入ることを禁じてやしないからね」

長《おさ》の言葉に、カリサはまた驚く。

「そうなんですか？」

「ずっと昔――カリサが生まれるより前は、行き来があったんだよ。前にカリサともそんな話をしただろう。その、若いのの知ってる人間……」

「ハイド神父でしょうか？」

訊ねたギルバートに頷くサネルマの表情は、やけに苦々《にがにが》しいものだった。

「ああ。頼んでもいないのに、人間の食べ物やら、飾り物やらを持ってきてね。おかげで私はイノ爺《じい》あたりにからかわれて、ずいぶん恥ずかしい思いをしたものさ」

カリサはギルバートと目を見合わせた。

以前ハイド神父の名を口にした時と、サネルマの様子が、何だか違う。

「だが修道士だったのが、試験を受けて、正式に誓いを立てて神父になったとか言って――あまり姿を見せなくなって。勝手なものだと思ったよ、勝手に押しかけて、勝手にいなくなって。挙句《あげく》の果てに、やっとまた村に来たと思ったら、『ここを立ち退《の》いた方がいい』ときた」

カリサは再び、ギルバートと目を見交わす。

「わかってるんだ、あの頑固《がんこ》な神父が、追い出す口実ではなく本当に心から私たち獣耳族を心配して、他の仲間と合流して暮らした方が安全だって言ってるのは。あいつの髪が真っ白になった頃には、この辺りから私たちが狩れるような獣は姿を消して、糧《かて》を得るために大人は遠くに出かけて、今みたいにほんの少しの仲間だけで過ごさなければならなくなった。獣耳族はたちの悪い人間に狙われやすいし、勝手に怯《おび》えて襲いかかってくる人間だっている」

「……ハイド神父は、自分が街の教会を治めれば、人の心も宥《なだ》められると思って叙階《じょかい》を望んだとおっしゃっていました。ただ、思うよりずっと早く、街が膨《ふく》れ上がってしまった。自分の無力さを、いつも悔いておられます」

そう告げたギルバートにも、カリサは驚かされた。

「そうだったんだ……私たちのことが嫌いで、追い出そうとしてたんじゃないの？」

「逆だ。自分たちを遠ざけることができないから、カリサたちに引いてもらうしかなかった」

「勝手な言い分だね」

憤《いきどお》ったように、サネルマが言う。

「『おまえなんていなくてもいい』って言われたようになったこっちの気分を、少しは考えろっていうんだ」

「サネルマ様……」

きっと彼女の言葉の意味が、少し前まではカリサにはわからなかっただろう。

だが今は、わかる。

（だって今、もしギルバートに『危ないからここを離れろ』って言われたら……『ギルバート

は私と会えなくなっていいの?』って、傷つくもの)

昔のサネルマも、そうして、ハイド神父の言葉に傷ついたのだろう。

「しかも自分は教会に引っ込んで、こんな尻に卵の殻《から》をひっつけたようなひよこを寄越《よこ》すようになった」

「教会に戻ったら、ハイド神父に、交渉役を返します」

悪態《あくたい》をつく口調になったサネルマは、さらりとギルバートにそう言われて、一瞬言葉を途切れさせた。

それから軽く咳払《せきばら》いして、ギルバートから顔を逸《そ》らす。

「首を洗って待ってろって、伝えておきなさい」

それだけ言うと、サネルマがそそくさとカリサの家を出て行った。

扉が閉まるのを見て、カリサは笑いがこらえられなくなり、ギルバートの腕に抱きついてしまった。

「何だ。サネルマ様は、ハイド神父のこと嫌ってるんじゃなくて、大好きだったのね」

私みたい、と心の中でカリサは肩をすくめる。

「みたいだな。ハイド神父も、サネルマさんに未練たらたらだ。最近カリサの代わりに彼女が交渉役に立ったたって言ったら、顔色変えてたぞ」

「……じゃあもう、朝、ギルバートと私が会う用事って、なくなっちゃうのね」

交渉役がサネルマとハイド神父に戻れば、カリサとギルバートの出番はなくなる。むしろ交渉自体が必要なくなるだろう。二人共が、意地を張るのをやめれば。

「どうしてだ？」

しおれるカリサに、ギルバートは不思議そうな顔をした。

「せっかくここに俺が来てもいいってお許しをもらったようなものなんだ。俺は別に修道士としての用事がなくても、カリサに会いに来るぞ」

「……」

ぎゅっと、カリサはもっと強く、ギルバートの腕にしがみつく。ギルバートがその背中を優しく叩いた。

「でもまあ、もうちょっと、今は、離れろ」

「え、どうしてよ」

「あんた……寝間着《ねまき》だぞ」

「いつもと大して変わらないじゃない」

たしかにカリサは寝間着を着ていたが、ゆったりとしたワンピースなので、これなら普段着ている服の方が露出している部分が多いくらいだ。

だから首を傾げると、ギルバートには大きく溜息をつかれてしまった。

「獣耳族でも、成人までまだ足りないか……」

「何よそれ、どういう意味」

怪訝《けげん》になるカリサを、ギルバートが笑って見下ろす。

「カリサが大人になったら、村長に結婚の許しでももらいに行こうかなって話」

「――」

結婚の許しでも、といかにも簡単に出てきた言葉に、カリサは、絶句した。

(私も、私だって、フィオナの話をきいて、獣耳族と人間って結婚できるのかなって、気になったりしてたけど……!)

これでギルバートの言葉がまたからかう調子だったら、カリサは自分でも手のつけられないほど臍《へそ》を曲げただろう。

けれどもその青い瞳は限りなく優しくて、そのうえほんの少し照れたような色を湛《たた》えていて、カリサは腹を立てるどころか、嬉しくて、恥ずかしくて、むずがゆくて、どうしようもない気持ちになってしまった。

「来年には、もう大人だって認められる年齢になるわ」

顔が熱いのを感じながら、カリサはギルバートを見上げる。

「ねえ、ギルバートは人間が嫌いだから、私を好きなの?」

ギルバートがカリサを見返し、微笑んだ。

「人間全員が嫌いなわけでも、恨んでるわけでもないよ。ハイド神父のおかげで、ましな人間も大勢いるって知ってる。——それ以上に、カリサが可愛いってことだ。最初に会った時から」

　そう言われたら、カリサは意地でもギルバートから離れるわけにはいかなかった。

「でも修道士って、結婚できないんじゃないの？　フィオナが正式な修道女になったら、婚姻は駄目って……」

「うちの神々のきまりじゃ、誓いを立てた人間は、他の人間と結婚できないって書いてあるんだ」

　にっこりと、ギルバートが笑う。

「獣耳族と結婚しちゃ駄目とは書いてない」

　それではきっと、自分とギルバートの間には、何の問題もないのだ。カリサはとんでもなく嬉しかった。

◇◇◇

　ギルバートの言ったとおり、ハイド神父はサネルマに立ち退きを迫ることをやめ、その交渉は必要なくなってしまった。

　なのにハイド神父は、ときおり村を訪れるようになった。

　それから、フィオナと、彼女に連れられたロジーも稀《まれ》に。

「ロジーはすっかり、カリサさんのことが気に入ってしまって」

カリサの家でお茶を飲みながら、フィオナが笑う。

「ギルバート様がこっそり拗《す》ねていらっしゃいますわ、自分がいない間にロジーがカリサさんの家に居座って、我がもの顔だって」

「私じゃなくて、他の子と仲よくなってるのにねえ」

ロジーは今、草原で獣耳族の子供たちと遊んでいる。ロジーはすっかり元気になった。一度謝罪に訪れた母親は、元気すぎる獣耳族の子供に自分の子がまた怪我でもさせられたらと、多少気を揉《も》んでいるようだが――アネッタやイノ爺もそばで見ているし、大丈夫だ。そもそも獣耳族の子はお互い怪我をしないよう、上手に遊ぶ方法を心得ている。

ロジーの一件の後にカリサが再び街に足を運んだ時は、通りすがる見知らぬ人間たちから声をかけられて、驚いた。

『こないだは悪かったな、いろいろ誤解して、ひどいこと言って……』

『ロジーを助けてくれて、ありがとう。とてもいい子なのよ』

『あなたの作る薬、よく効くんですってね。今度買ってみるわ』

『そのベルト、すごく素敵ね。前から作り方を聞いてみたかったの、今度教えてよ』

これまで自分を遠巻きにしてきた人々が、気軽にというには緊張感を孕《はら》みながらも話をしようとしてくれることが、カリサにはとても不思議で、さらに嬉しかった。

ロジーを傷つけた獣耳族がカリサではなく、獣耳族のふりをした人間であること、そしてカリサの薬がロジーを気づかせたことを教会から説明されて、街の人間のいくらかは、カリサに対して好意的になったようだ。

フィオナも、ときどきカリサたち獣耳族について、興味を持った人たちから話を聞かれると言っていた。

「カリサさん、私、一度あちらに手紙を書いてみようと思います」

カリサの淹《い》れたお茶を飲みながら、手土産の焼き菓子を口に運んでいたフィオナが、不意にそう言った。

「前に、あちらの手紙をカリサさんに読んでいただいて……悪い方ではないと、わかりましたので」

あちら、とは、フィオナとの結婚を望んだ獣耳族のことだ。彼から渡された手紙を、一通だけフィオナは持っていた。フィオナに頼まれてカリサが読んだ手紙には、フィオナの美しさに一目で心を奪われたこと、一途にフィオナに恋をしている気持ちが、切々と綴《つづ》られていた。人間の言葉にして読み上げたカリサに、フィオナは真っ赤になってじたばたしていた。てっきり、一方的に自分のものになるようにという命令だと思い込んで、万が一相手に居所が知られて攫《さら》われでもした時に証拠になるよう手紙を持ち歩いていたというのだから、その内容はフィオナにとってまったく思いがけなかったものらしい。

「あんなに熱心に、私のことを思ってくださっているのに、逃げたなんて……悪いことをしてしまったなって」

まったくだ、とカリサは頷く。

「言わせてもらうと、フィオナの父さんや母さんも悪いわ。相手の気持ちも聞かないままに、お金のために結婚しろなんて言われたら、勘違いもするわよ」

「ええ。だから、両親はとりあえず放っておいて、あちらに手紙だけでもと。――代筆をお願いできますか？」

「もちろん！」

カリサは笑顔で請《う》け合った。

その手紙の内容についてフィオナと相談しているうちに、教会での仕事を終えたギルバートがカリサの家に姿を見せて、フィオナは素早く帰り支度を始めた。

「ごきげんよう、ギルバート様。私はお先に失礼いたしますわね」

「何だ。まだ手紙の相談、途中なのに」

カリサは引き留めようとするが、フィオナが笑って首を振る。

「ロジーだけじゃなくて、私までカリサさんの家に居座ってるって拗ねられてしまっては、困りますもの」

そう言い残してフィオナは去っていった。ギルバートが、やれやれとばかりに首を振る。

「フィオナも、言いたいこと言うようになったなあ」

「いいことじゃない。——おかえりなさい、ギル」

ここにギルバートが住んでいるわけではない。でも、そのうちそうなるといいなと思って、カリサは最近そう言ってギルバートを迎えている。

教会のきまりには、修道院を出て獣耳族の家から教会に通うのはいけないという記述もないらしいので。

「ああ、ただいま」

しょっちゅう村に出入りするギルバートを咎《とが》める仲間はひとりもいない。何しろ村長自《みずか》ら、人間の神父をいそいそと迎えているのだ。

「よし、じゃあ、夕飯の支度をしなくっちゃ」

「手伝うよ」

カリサはギルバートと一緒に、小さな台所に立つ。

もう番小屋みたいな家は必要ないかもしれないから、ギルバートと並んで立っても肩がぶつからないような台所のある家が欲しいな、とカリサは思った。

くっついているのも悪くはないので、もうちょっとはこのままでもいいんだけれども。

けものの恋で道はつながる

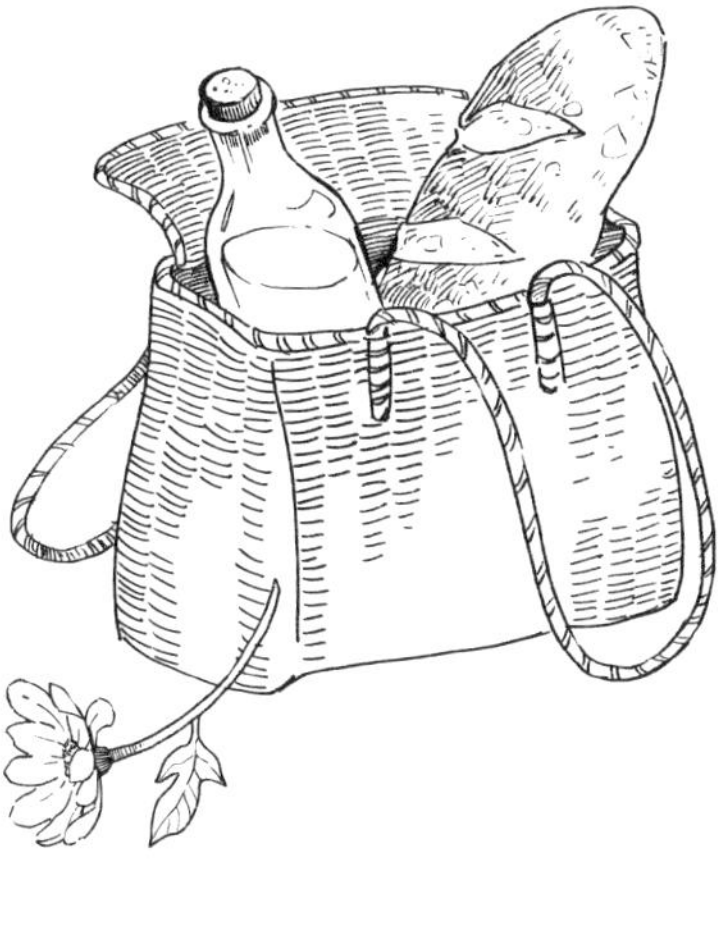

1

ちょうど麺麭《パン》が焼き上がった時、カリサの家のドアを叩く音がした。

「どうぞ！」

元気よく答えると、すぐに木のドアが開いて、ギルバートが姿を見せる。

ギルバートと一緒に、秋がそろそろ終わりかけようとする、澄んだ冷気も入り込んできた。

「よう、おはよう」

ギルバートはすでに身支度を調《ととの》えていた。銀色の髪をきっちりと整え、黒いズボンに丈の長い上着を一糸《いっし》乱れることなく身につけて。

初夏の頃にはいけすかないとしか思えなかった『人間の聖職者』の姿のギルバートを、冬の始まりが近づく今、カリサは満面の笑みで迎えた。

「おはようギル、ちょっとそこのバスケット取って」

「はいよ」

ギルバートは勝手知ったる、という様子でこぢんまりとしたカリサの家の中に入ると、テーブルに置かれたバスケットを手に取り、土間に向かった。かまどの前にいるカリサに向けて、バスケットの蓋《ふた》を開く。

「ありがと」

カリサは焼き上がった麺麭を、ひょいひょいとそのバスケットの中に放り込んだ。

「先にこれ、サネルマ様のところに持っていって。私は水を汲《く》んでから行くから」

「水なら俺が汲みに行く。カリサが麺麭を持っていけばいいだろ」

そう申し出たギルバートを振り返って、カリサはふふんと笑ってみせる。

「力も足も私の方が上なの。そういうところで張り合わなくてもいいのよ」

「張り合ってるわけじゃないんだけどな」

苦笑しつつ、ギルバートがバスケットの蓋を閉めた。

「まあたしかにカリサの方がよっぽど早く水汲みが出来るだろうけどさ」

ギルバートが先に家を出て行き、川で水汲みをしてからカリサが村長《むらおさ》であるサネルマの家に向かうと、すでにテーブルの上では朝食の支度が終わっていた。カリサの焼いた麺麭の他に、サネルマお手製の塩漬け肉、手伝いのアネッタが採《と》ってきた香草と干した果物、あとは蜂蜜《はちみつ》の入った瓶《びん》、木のカップには牛か山羊《やぎ》のミルクが注がれている。

「やった、蜂蜜。ギルが持ってきてくれたの？」

テーブルにつきながらカリサが訊ねると、隣の椅子に座ったギルバートが頷く。

「昨日蜂の世話の当番だったから、瓶一個分ちょろまかしてきた」

およそ聖職者らしくないギルバートの物言いに、カリサの向かいに座っていたサネルマが小さく咳払《せきばら》いする。サネルマの両隣に座るアネッタとイノ爺《じい》は、笑いを噛み殺していた。

「では、いただこうかね」

「はーい」

サネルマの合図でカリサは元気に自家製麺麭に手を伸ばすが、ギルバートは胸の前で両手を組み合わせている。

「この村の方々と神々と太陽と、すべての自然の恵みに感謝いたします」

食事の前には必ずこうして祈りの言葉を口に出すギルバートを、カリサは興味深く見遣る。

「いちいち口に出して言わないと確認できないのって、不思議な感じよね」

カリサはいつだって、おひさまと土の恵みに感謝して生きているのだが、人間はどうも違うらしい。

祈りを終えたギルバートが、肩を竦《すく》めながら麺麭を手に取った。

「忘れっぽいんだよ、人間は。すぐに何でも自分が作り上げたって気になるんだから」

「っていうか、ギル、どうせ泊まるんならイノ爺じゃなくて、私の家に泊まればいいのに」

カリサがくるりと話題を変えると、ギルバートが「ンンッ」と妙な声を出して、アネッタとイノ爺ばかりでなく、今度はサネルマまで一緒になって笑いを噛み殺した。

「イノ爺がひとりでさみしいなら仕方ないけど、夜はすぐ寝ちゃうじゃない。私の家で寝て、朝イノ爺を迎えに行けばいい気がするんだけど」

なぜみんながそんな反応をするのかわからず、小首を傾《かし》げながら、カリサは続けた。

ギルバートがこの村に『立ち退きを迫る聖職者《の》』ではなく、『カリサの友人』として訪れるようになってから、そろそろ三ヵ月。

大抵は朝早いからと夜のうちに帰るのだが、たまに教会で朝の仕事がない日は村に泊まっていくことがある。

カリサの住む小屋は大して広いとは言えないが、もう一床《しょう》くらいベッドを作ったって何の問題もない。

（さすがに同じ寝床でっていうのは、はしたないだろうけど……）

なのになぜかギルバートは、村に泊まる時はかならずイノ爺の家で夜を過ごしている。イノ爺の家だってさして大きくはないというのに。

せめて朝食はふたりきりで食べたい気がしているのだが、ギルバートの提案で、いつもこうしてサネルマの家で食卓を囲んでいる。

「そりゃ大勢で食べるごはんはおいしいけど、夜だってみんなと一緒だし……」

「――カリサ。ギルバートはとても思慮深い、いい青年だよ。あんたはそのうち、ギルバートに感謝するようになるから、覚えておきなさい」

サネルマが厳《おごそ》かな声になってそう言うけれど、口端と目許《めもと》が、何だかピクピクと引き攣《つ》っている。やっぱり笑いを堪《こら》えているような表情だ。

「何だかよくわからないけど、わかりました……」

村の長たるサネルマがそう言うのだから、カリサには頷くしかない。

「アンタも大変だな、ギルバート」

しみじみとそう呟いたのはイノ爺で、ギルバートはただただ苦笑いしながら、塩漬け肉やら香草やらを、せっせと麺麭に挟み込んでいた。

◇◇◇

「だってそれは、あたりまえですわ」

ギルバートは仕事のため街に戻り、入れ替わりのように村にはフィオナがやってきた。

カリサがギルバートに対する不満を口にしたら、フィオナは呆れたような顔になってしまった。

「あたりまえって、何がよ?」

「貞節の問題です。結婚前の男女が同じ部屋で二人きり一晩過ごすなど、とんでもありません」

椅子代わりの切り株に並んで腰掛けたカリサとフィオナの目の前では、獣耳族《じゅうじぞく》の子と人間の子らが合わせて六人ほど、寒さも気にせず歓声を上げながら遊んでいる。

頭に耳のある子とない子が元気に転げ回る様子を、自分の脚に頬杖《ほおづえ》をつきながら眺めていたカリサは、眉を顰《ひそ》めて隣のフィオナを見た。

「同じ部屋たって、別に私とギルが何するってわけでもないわよ。一緒の寝床に入るわけでもあるまいし」

「……あの、まさかとは思いますけど、カリサさん、そのう、たとえば夫婦がこう……ここにいるような可愛い子供たちを授《さず》かるために、どうすればいいのか、ご存じでいらっしゃらないの……？」

フィオナが珍しくやたらしどろもどろに言うのに、カリサはさらに眉を顰める。

「知ってるわよ、馬鹿にしないで。だから、一緒の寝床で寝るの。人間だって同じでしょ」

「神さま……！」

なぜかフィオナが神さまとやらに祈りはじめてしまった。

「そう。そうね、カリサさんはご両親をお小さい頃に亡くしたと。私《わたくし》はお母様や侍女《じじょ》や家庭教師からいろいろとふるまいを教わったけれど、その機会もなかったでしょうから……」

「あんた何ブツブツ言ってんの？」

フィオナはギルバートみたいに両手を胸の前で組み合わせたまま、まじないでも唱《とな》えるようにつらつら一人でしゃべっている。変な子ね、と口には出さずにカリサは思う。

「……大丈夫ですわ、ギルバート様は紳士ですから、すべてあの方にお任せしておけば」

「だから何がなの――」

カリサがさらに訊ねようとした時、人間の子供が草に足を取られて転び、大声で泣き喚《わめ》き出したので、フィオナが慌てて立ち上がる。

「大丈夫よ、放っておきなさいよあれくらい」

転んだ子供の周りには、他の子たちが集まって、口々に慰めたり、だらしないと叱咤《しった》したりしている。

「あの子たちの親たちも放っといてるんだから」

カリサたちの向かいでは、子供たちの母親が人間も獣耳族も混じって、針仕事をしながら賑《にぎ》やかにお喋《しゃべ》りしている。自分たちの子供のうち誰かが転んだことになんて、ちっとも気づいていない様子だ。

フィオナも再び、切り株の上に腰を下ろした。

「子の親というのは、ひどく慌てたり、かと思ったらやけに落ち着いていたり、不思議なものですわねえ……」

しみじみ言うフィオナは、おそらく、以前カリサが人間の子供に怪我をさせた疑いを持たれた時のことを思い出しているのだろう。カリサも同じことを思い出した。その子供、ロジーも今、村で元気に遊んでいる。

というより、ロジーが村に来るようになって、他の子供たちも「ロジーばっかり狡《ずる》い、自分だって獣耳族の子と遊びたい」と言い出すようになったから、こうして母親たちが子を連れて村にやってくるようになったのだ。

最初は人間と違って、子供でも鋭い爪《つめ》と牙《きば》を持つ獣耳族を警戒していた母親たちは、三度目ともなれば「人間の子と大した違いはない、むしろ獣耳族の子の方がうまい遊び方を知っていて、滅多《めった》な怪我なんかしない」ということがわかったようで、青い顔で我が子につきっきりになるような姿は見せなくなった。

今では獣耳族が作る保存食の作り方や綺麗な布の織り方を教わるのに夢中になって、子供たちが「おなかすいた」と騒ぎ出すまで、振り向きもしない有様だ。

「まだ言葉もろくに通じてないだろうに、面白いわよね」

彼らの姿に、カリサはつくづく感心する。獣耳族と人間とは、使う言葉が微妙に違う。だからカリサは人間の言葉のわかるサネルマに教わって、人間の街に出向いていたのだが――母親たちは、もう身振り手振りで意思疎通《そつう》を果たし、一緒になってケラケラと笑い転げたりしているのだ。

「ええ。素敵なことですわ」

フィオナが母親たちの方を見遣りながら、優しい表情で言った。

「フィオナだって、例の獣耳族と仲よくやってるんだもんね」

何気なく言ったカリサの言葉に、フィオナの耳がパッと赤くなる。

「な、仲よくって……まだ、手紙のやり取りだけです。カリサさんが訳してくださるおかげで、あちらが何を書いているのかはわかるようになって、私もお返事が書けるようになりましたけど……」

フィオナは彼女に一目惚れした獣耳族の男から、真摯《しんし》かつ熱烈な求婚をされ続けている。

言葉がわからないばかりに、フィオナはてっきり自分が望まない結婚を強《し》いられているのだと勘違いしていたが、相手が送ってきたという手紙を読んでみれば、カリサだってついつい赤らんでしまうほどロマンチックな求愛の言葉が書き連《つら》ねてあった。

「まだ相手の方と、きちんとお会いしたこともありませんし」

「でも結婚していいかなって思ってはいるんでしょ？」

「そっ、それは時期尚早《しょうそう》というか気が早すぎるというかですけど……一度食事のお誘いにお応《こた》えしてもいいかな、くらいは……」

あれほど獣耳族に対して怯《おび》えていたのに、フィオナだってずいぶんな態度の違いだと、カリサは内心面白がる。

フィオナはいまだに修道服を身につけているし、当分教会の手伝いは続ける予定だが、今はもう正式な修道女になるつもりはないとカリサに打ち明けてくれていた。

「人間の結婚って、何だっけ、紙切れに何か書いたりしなくちゃいけないんだっけ？」

獣耳族の仲間の間では、約束に文字は使わない。そもそも文字自体を使わない獣耳族もいる。大事な約束をすぐ破けてすぐ燃える紙などに記《しる》すのはとんでもない、という考えを持つ獣耳族が大半だが、人間はむしろ、大事な約束であればあるほど、紙に書いて残そうとするものらしい。

「ええ、相手を裏切らないことや、財産の取り扱いを決めた誓約書にお互いサインして、教会の許可を得ます。誓約書の前に、両親か後見人の許しを得ないと、教会に申請もできません」

フィオナがそう答えてから、カリサを見た。

「獣耳族の方は、誓約はなさいませんの？」

「紙に何か書いて約束したりはしないけど。どっちかが手作りの贈り物をして、相手がそれを身につけたら『悪い気はしてない』って合図で、対《つい》になるような贈り物を返したら結婚を了承したってことになるわ。村によって多少違うらしいけど、うちはそう」

「まあ……！　素敵！」

フィオナが感激したように頬を紅潮させている。

「それで村長や長老格に新しい住処《すみか》を作りたい場所を伝えて許可がもらえたら、結婚成立。そこに家を建ててから仲間を呼んで、お酒と食べ物を一昼夜振る舞ったらお披露目《ひろめ》完了、って感じ」

「偉い方に認められて、お披露目をしてっていう流れは、私たちとあまり変わりませんのね」

「みたいね。でも人間の方が結婚が許される年齢がずっと早くて、びっくりした。私たちは生まれてから十七年経《た》たないと一人前ってみなされないから、結婚もできないの」

フィオナから、人間の中には十二歳で嫁《とつ》ぐ者もいると聞いて、カリサはひどく驚いた。獣耳族では、やっと遊びの延長線上ではなく、本気で狩りの練習を始めるような年齢だ。

「そういう場合は、大抵は政略結婚……家の都合です。だから女性が十五歳になるまでは、そのう、寝室を共にしないという法律もありますわ」

「あ、何だ、そうなの。結婚したのに子作りしないなんて、変な話ね」

「そ……っ、そう、ですわね」

フィオナは顔を伏せて真っ赤になっている。どうも『子作り』という言葉が露骨過ぎたようだと気づいて、カリサまでつられて赤くなってしまった。

（あ……っ、あ、もしかして、朝、私の家に泊まればいいのにって言った時にギルが変な顔してたのって、そういうこと……？）

そして今さら、気づく。

カリサは単純に「ギルと寝床を並べてゆっくり、お互い眠くなるまでおしゃべりしたら、楽しいんじゃない？」くらいの気持ちでいたが――ギルバートやサネルマたちは、『寝室を共にする』という意味に捉《とら》えて、いや、そう捉えられかねないことにも気づいていないカリサを見て、慌てたり笑いを堪えたりしていたのだ。

「うぅ」

一人で妙な声を上げて頭を抱えるカリサに、フィオナが不思議そうな顔になっている。

（だ、だって、私はまだ結婚できる歳じゃないし……ギルはそのうちサネルマ様に結婚の許可をもらいにいくとは言ってたけど、贈り物だけなら十七歳より前でもいいのにギルが何か私にくれたっていうこともないし……いえそもそもギルが獣耳族のしきたりに倣《なら》う必要もなくて、ええと）

ギルバートのことは大好きだし、ずっと一緒にいられたら嬉しいなとは思うものの、どうもまだ結婚というものを現実的に捉えられていないカリサだった。

「ところで……もし、もしもですけど、万が一、人間と獣耳族が結婚するつもりになったら、どちらのしきたりに従うべきなのかしら……」

溜息のような吐息を漏らしながら小声で呟いたフィオナの言葉に、カリサはどきっとした。

フィオナは宙に視線を向けている。

（あ、私とギルのことじゃなくて、フィオナたちのことね）

フィオナに一目惚れしたという獣耳族の男は、彼女が十七歳になるまで待って贈り物をするのだろうか。それとも、人の決まりに倣って、証人を立ててから教会に結婚の許可を得にいくつもりなのだろうか。

「どっちなんだろ、私も、わかんないや」

修道士であるギルバートは、そもそも結婚自体が教会に許されていないというから、そこに許可を求めに行くことはないだろう。

(ギルは、あんまり人間のしきたりは、気にしなそうだなあ)

ギルバートと結婚、と考えたら、カリサは妙な具合に鼓動が速くなってきて、焦《あせ》った。

狩りの前の昂揚感《こうようかん》と似ているような、それとは微妙に違うような。

(狩りは空腹を満たすためにするものだろうけど、今は胸がいっぱいで、何も食べられない感じ……)

なのにその辺を子供たちに混じって転げ回りたいくらい、浮かれた気分だ。

(――ギルバートと一緒に暮らせたら、いいな)

やっぱり夜は帰ってほしくない。村に来た時だけじゃなくて、毎日、ずっと。

(結婚とかまだ先でも、せめてもうちょっとしょっちゅう、村に来てくれたらいいのに)

そう思いながら、カリサはこっそり背後を振り返った。

少し離れたところにある大木の蔭《かげ》で、サネルマが草の上に腰を下ろしてお茶を飲んでいる。

その向かいにいるのは、ギルバートと似たような、それよりももう少し装飾のある黒い服を着た人間の男――ハイドだ。

ハイドは髪も髭《ひげ》も灰色で、丸い眼鏡をかけた、好好爺《こうこうや》といった雰囲気の男だった。ギルバートのように元々銀髪なのではなく、年を経《へ》て髪が白くなっていったのだろう。サネルマから聞いていたような、「融通《ゆうずう》が利かなくて、頭でっかちで、嫌味な輩《やから》」にはとても見えない。

ハイドに対するサネルマは、どこかつんとした態度だったが、朝からアネッタと一緒にせっせと木の実のクッキーを焼いて振る舞っているところから見ると、ハイドを歓迎していないわけではないようだ。

ハイドはここのところ、頻繁《ひんぱん》に村を——というか、サネルマのところに訪れていた。

何の用事なのかはよくわからない。元々ハイド神父がこの村を街から遠ざけようとしていたのを知っているから、まさかその説得ではとカリサは最初身構えたものの、だったらサネルマがとっくに追い出しているだろうから、違う気がする。

ギルバートに聞けば、「ただサネルマさんとお茶を飲みたいだけだろ」と笑うばかりだ。

そのまま何となくふたりを眺めていたら、ちょうどお茶が終わったのか立ち上がるところだったので、カリサは彼らの許《もと》へ向かった。フィオナもついてくる。

「サネルマ様、私が片づけます」

アネッタは席を外しているようだから、こういう時はカリサの出番だ。フィオナと一緒に、木のカップやクッキーの載っている木板を片づけていく。

その途中、視線を感じてふと振り返ると、ニコニコ笑っているハイド神父と目が合った。カリサが何となくぺこりと頭を下げると、ハイドの方も同じくお辞儀《じぎ》を返してくる。

「——それでは、私はこの辺りで失礼しますよ」

それから、ハイドがサネルマに告げて、サネルマはうるさそうに小さく頷いた。

「そんなにしょっちゅう姿を見せなくたっていいのよ、私だって暇じゃないんだから」

「そうですか、なのにわざわざ手作りのクッキーを焼いてくれてありがとう、私の好みを覚えてくれたんですかね」

「たまたまに決まってるでしょう。次に来た時は水しか出さないわよ」

「では次来る時は、おいしい水を楽しみにしています」

笑い声を上げてハイドが街へ続く道の方と歩いていき、その背中をサネルマが睨みつけている。

（何だか、前の私とギルみたい）

ハイドの皮肉はギルバートそっくりで、サネルマの突慳貪《つっけんどん》な態度はギルバートに出会ったばかりの自分にそっくりだ。そう思いながら眺めていたカリサの視線に気づいて、サネルマがどこか気まずそうな顔で、咳払いした。

「本当に、嫌味な爺さんだこと」

「でもサネルマ様、とっても楽しそうでした。尻尾《しっぽ》もよく動いてたし」

サネルマが返事に詰まったように唇を引き結び、ゴホッと妙な具合に噴き出したのは、カリサのそばにいたフィオナだ。サネルマが軽くフィオナを睨《ね》めつけると、フィオナが慌てたように空いた皿を持ってサネルマの家の方へ去っていく。

「まったく——この歳になってちょっと前のカリサみたいな真似をするのは、本当に、腹立たしいんだけどね。でもハイドの奴はハイドの奴で小憎みたいなことばっかり言うんだから、始末に負えないったら」

日頃落ち着いた、そして毅然《きぜん》とした態度で村を治めているサネルマは、ハイドが来た時だけどうも様子がおかしい。

おかしい理由は、さすがにカリサにも想像がつく。要するにまあ、サネルマのハイドに対する気持ちと、カリサのギルバートに対する気持ちが、同じようなものだということだ。

なのに顔を合わせるのが久々すぎて、スムーズに仲よくできないらしい。好きな相手に対してなぜか素直に振る舞えない気持ちは、ちょっと前にカリサも味わったから、よくわかる。

もう何十年も顔を合わせていなかったようだから、また会えるようになってよかったですね——と言えばサネルマがまた気まずそうな顔をするような予感がしたので、カリサは村の中の草地に目を移した。昼食を終えた子供たちが、再び組んずほぐれつして元気に転げ回って遊んでいる。

「ずいぶん賑やかになりましたね。子供たちだけじゃなくて、大人も楽しそうで、よかった……」

今の村に残っているのは、狩りに行くには歳を重ねすぎたサネルマやイノ爺たちのような老人、カリサのように成人前で遠出の許されていない子供と、あとは幼い子供の世話をする必要がある母親たちだ。

子を持っていても優秀な狩人は仲間に託して出かけていくから、今残っている女たちの数は限られている。

「家族を送り出して自分だけ残ってるのは、時々寂しそうに見えましたから。人間の親と仲よくなれて、裁縫《さいほう》とか織物とか教え合えるのは、いいことですよね」

カリサは裁縫があまり得意ではないので、その輪に加わることはほとんどないが。

たまに薬や保存食の作り方について人間たちに聞かれることがあり、そのコツを聞いた彼らに感心されるのは、悪い気がしない。

「……そうだね」

だがサネルマの相槌は、どこか浮かない調子だった。

「サネルマ様？」

「たしかに村は賑やかに、明るくなったけど——あまり急に親しくなるのは、考えものかもしれないね」

「え……どうしてですか？」

人と獣耳族が仲よくなることを、カリサは大歓迎だ。ギルバートもフィオナも、そしてロジーもその母親も彼らが連れてくる人たちも、明るくて気さくで、獣耳族に嫌な顔をしない、いい人間ばかりだ。

このままどんどん絆《きずな》が深くなれば、自分とギルバートが結婚することになっても、獣耳族と人間両方から祝福してもらえるかもしれない。そうどこかで考えていたカリサには、サネルマが何を懸念《けねん》しているのか見当もつかなかった。

だから理由を訊ねたカリサに、サネルマはただ、ゆるく首を振っただけだった。

こういう反応に、カリサは覚えがある。前に、『ギルバートにあまり肩入れしてはいけない』と忠告されたことを思い出した。

『人間は結局、私たち『耳付き』とは相容《あいい》れない。暮らしぶりも、信じているものも違う。わかりあおうとしたら、悲しい目に遭《あ》うだけだ』

あれはサネルマ自身がハイドと長い間行き違ってしまったから出た言葉だろうと、カリサは思っていた。

サネルマ自身と同じく、人間に恋をした自分を心配してくれていたのだろうと、あとになって気づいたのだが。

(それだけじゃ、ないのかな)

サネルマは今、楽しげに遊ぶ獣耳族と人間の子供たち、それを見守る母親たちに目を遣っている。

カリサはどことなく心許《こころもと》ない気分で、サネルマと同じ景色を眺めた。

2

昼下がり、ギルバートは適当な用事を口実にしてカリサたちの村に足を運んだ。

目敏《めざと》い子供たちに見つかって、あっという間に彼らに囲まれる。

「あっ、ギルバートだ」

「ねえ遊んで！　またオレのこと遠くに投げて！」

「これ見てギルバート、この棒かっこいいでしょ！」

十歳にも満たない子供たちは、人間も獣耳族《じゅうじぞく》も一緒になってギルバートの体に纏《まと》わり付いてくる。この村には今、若い成人男性がいないから、全力で構ってくれる遊び相手として認識されてしまったようだ。

「よしよし、じゃあ向こうの丘まで行って、一番平べったくて一番かっこいい石を探してきた奴が優勝だ」

適当な遊びを提案すると、子供たちが歓声を上げながらギルバートの指さす方に走り出した。

当然ながら獣耳族の子供の方が足は速いのだが、たくさん散らばった石の中から綺麗なものを見つけ出す根気のよさは人間の子供も持っている。どちらかの能力に偏《かたよ》らないよう遊びを考えることは、ギルバートにとっても結構楽しかった。

それで地面にしゃがみ込み夢中になって石を拾っている子供たちを眺めていたギルバートは、ふと、自分のそばに人間の子供が一人ぽつんと残っているのに気づいた。

「どうした？　おまえは、一緒に遊ばないのか？」

髪が長いので最初は女の子かと思ったが、よく見れば少年だ。身につけたシャツはどこか薄汚れ、ズボンの膝は擦《す》り切れて穴が開きかけているのを見て、ギルバートは眉を顰《ひそ》めそうになるのをすんでにこらえた。

「走るの、遅いから……目も悪いし……」

子供はギルバートと目を合わせず、俯《うつむ》きがちに小さな声でしゃべっている。

「……あと……おなかすいたから……」

声に力がないのは、人見知りしているだけではなく、空腹のせいもあるらしい。

「昼食は？　まだ食べてないのか？」

「……うん……」

「あっ、ギル、来てたの？」

子供が小さく頷いた時、カリサがひょっこり姿を見せた。

「よう、カリサ。ちょうどよかった、何か食べるものないか？　麺麭《パン》でも果物でも」

「あるけど――あらあんた、やっぱりおなか空いてるんじゃないの」

子供を見て、カリサが声を上げる。ギルバートは首を傾《かし》げた。

「知ってる子か？」

「今日初めて来たのよね。さっきみんながお昼ごはんを食べてる時、一人でボーッとしてるから声かけたの。お腹一杯だからお昼いらないって言ってたのに」

ちょっと待っててね、と言い置いて、カリサが自分の家の方へ駆け出したかと思うと、あっという間に戻ってくる。肉を挟み込んだ麺麭を子供に差し出した。

「ほら、食べなさいよ」

「……」

子供は気後《きおく》れしたように俯いたまま、もじもじと体を動かしている。

「――カリサ、俺もひとつもらっていいか？」

訊ねたギルバートに、カリサが笑って頷いた。

「勿論《もちろん》。あ、お茶も持ってくるわ」

カリサは両手に持っていたパンをふたつともギルバートに渡したかと思うと、再び家に駆け戻っていく。

「ほら、一緒に食べよう」

ギルバートが促《うなが》すと、ようやく子供が頷いて麺麭を受け取り、その場にしゃがみこんだ。

遠慮がちに一口囓《かじ》った後は、もうガツガツと表現するのが相応《ふさわ》しい様子で、麺麭に囓り付いている。

ギルバートも子供に倣《なら》って、大口を開けて麺麭にがっついた。子供がそんなギルを見て目を丸くしてから、嬉しそうに笑う。

カリサはお茶と一緒に追加の麺麭も持ってきてくれて、子供はそれを二つ平らげると、ギルバートに促されてまだ石探しに夢中になっている子供たちの輪に加わった。

「あいつ、親がいないらしい」

賑《にぎ》やかに声を上げている子供たちを眺めながら、カリサがお茶を淹《い》れてくれていた間に少年から聞いたことを、ギルバートは彼女に話した。

「食べるものもなくてひもじいから、最近この村でうまいお菓子やお茶をもらったって噂を聞いて、こっそり他の子供の後についてきたみたいだ」

「親代わりはいないの？」

カリサの表情が少し曇《くも》る。

「一応、今は遠縁の家に世話になってるけど、近々救貧院《きゅうひんいん》に行くって言ってた」

「救貧院……ギルもいたっていうところ？」

「そう。ろくでもないところだけど、飯も食わせてくれない遠縁の家で痣《あざ》が出来るほど殴られるよりはマシなんだろうな、多分」

子供の腕には、明らかに棒で殴られたような痕があった。

火かき棒で加減なく殴られたのだろうと、同じ経験のあるギルバートはすぐに察しがついた。

「ギルの街にも、そんな扱いの子がいるの？」

カリサが戸惑ったように訊ねてくる。ギルバートは小さく頷いた。

「カリサが薬を売りに来る辺りは、店が並ぶ賑やかなところだからな。もっと外れに、店で買い物なんてできないような貧しい人たちが住む地域もある」

「誰かが助けてあげられないの？　ここに来る人間の親子は、餓《う》えてるふうじゃないのに」

不思議そうなカリサの問いに、ギルバートは苦笑するしかなかった。

「ほとんどが自分の暮らしで手一杯で、裕福なのは一握りだよ。時々教会が食料や古い衣類を分けることはあるけど、ちっとも足りない。全員を救うには限界があるんだ、今のところ」

「そう……」

相槌を打つカリサの声音はあやふやだ。彼女も早くに親を亡くしたが、サネルマをはじめ、村の大人たちみんなが親代わりだと言っていた。

獣耳族は慈愛に満ちた生き物で、同じ聚落《しゅうらく》の中にいれば全員が家族として扱われる。

だから人間の生き様は、カリサの目には冷たく映るだろうと、ギルバートは思う。「救うには限界がある」と言う自分のことも。

「カリサたちみたいに、自分の食べる分は自分で作って……ってできたらいいんだけどな、人間も」

「うーん……お金、いるんだもんね、何を手に入れるにも。私たちは服も家も生活に使う道具も全部自分たちで作れるけど、人間はそういうのをお金で買わなくちゃいけなくて……生き方の仕組みが違うから……」

カリサなりに、人間の暮らしをどうにか理解しようとしてくれているようだった。

「……でも、ごめん、やっぱり『どうして助けてあげないの？』って思っちゃう」

「俺もそう思う。だから、これまでの救貧院をもうちょっとマシな施設にできないもんか、教会にかけあってるところ」

言い辛《づら》そうに本音を口にしたカリサが、きょとんとした顔でギルバートを見上げた。

「マシな施設？」

「今の救貧院は、教会が『貧乏人を救ってる』ってポーズを取るために、働けない体の大人と子供をまとめて放り込んでるだけだからさ。多少体が不自由でも、小さい子供にでもやれる仕事を斡旋《あっせん》して、その対価で暮らせるような仕組みにできないかと思って」

ギルバートの説明に、カリサがぱっと顔を輝かせた。

「いいじゃない！　自分の力で暮らしてけるっていうのが、すごく素敵だと思う！」

そう言ってくれるカリサに、だが、ギルバートはまた苦笑せざるを得なかった。

「けどなかなかうまくいかない。体が悪い人間、年端《としは》もいかない子供に労働させるのは、人道《じんどう》に反するって」

「食事もろくに与えず痣が出来るほど殴りつける方が、『人道』ってやつに反するんじゃないの？」

カリサが不思議そうに言うのも無理はない。ギルバートだって、反対する人たちにそう訴えているのに、聞き入れられないのだ。

「俺が下《した》っ端《ぱ》のうえに素行《そこう》がろくでもないせいで、聞く耳を持ってもらえないんだよな。先は長そうだし――」

ギルバートとカリサの見守る先で、先刻の子供がいい石を見つけたのか立ち上がって片手を挙げ、周りの子たちがその周りに群がっている。ギルバートは自然と微笑《ほほえ》んだ。

「ひとまず、あの子を殴った奴には二度とそんなことをしないように直接脅《おど》しをかけ……いや厳しく注意しておく」

そういうことをするから『素行が悪い』と評価が下がる一方だという自覚はギルバートにもあるが、教会を間に入れたら時間がかかって、その隙にまた痣が増えるかもしれない。待っていられない。

「そうね、相手が言うこと聞かなかったら、私も脅す……じゃなくて、厳しく注意するのを手伝うわ。誰だって獣耳族の爪で引っかかれるのは嫌でしょ」

そう言うカリサの頭に手を伸ばし、ギルバートは彼女の榛《はしばみ》色《いろ》の髪を掻《か》き混ぜた。カリサが笑い声を上げる。

「もうっ、ぐしゃぐしゃにしないで！」

「その時はぜひ頼む」

そんなことをすればカリサは人間たちに怯《おび》えられ、獣耳族の立場が悪くなるだろうから、実際に手伝ってもらうつもりはなかったが――彼女の優しさがギルバートには嬉しいし、愛《いと》しい。

「マシな施設にするっていうの、頑張ってよね」

ギルバートに乱された髪を両手で直しながら、カリサが言う。

「ああ、ありがとうな」

カリサを見下ろして、ギルバートは笑顔で頷いた。

◇◇◇

だが実際のところ、自分の望みが果たされるまでには相当な時間がかかることを、ギルバートは否《いや》が応《おう》でも思い知らされている。

いくら嘆願書《たんがんしょ》を出してもなしのつぶてだ。ギルバートの恩人であり教区の神父であるハイドは後押ししてくれるが、その推薦書があっても、各地の教会を統《す》べる王都の聖庁に届く前にどこかで握り潰されている。叙階《じょかい》も受けていない一介の修道士の嘆願なんて、まともに聞き入れられなくても無理はないと、ギルバートにもわかっている。

どうすれば上層部に取り合ってもらえるのか、どうすれば同じことを思う同志を手に入れられるのかを苛立ちながら模索している時に、ハイド神父から信じられない言葉を聞いた。

「ギルバート。私は、そろそろ引退することにしたよ」

礼拝堂で二人きりになった時にそう打ち明けられ、ギルバートはしばらく言葉を失くして、その場に立ちつくした。

「——……、……どういうことですか？」

そんなのは聞いていない。寝耳に水というやつだ。

「この街を出ようと思うんだ。すでに新しい神父が派遣される手筈《てはず》になっている。私よりもずいぶん若くて、ずいぶん有能な人になるから、しっかり言うことを聞くんだよ」

穏やかに言うハイド神父の、出会った頃よりも一回り小さくなったような体を見下ろしながら、ギルバートはのろのろ首を振る。

「そんなこと、どうして急に……」

「急にじゃない、ずいぶん前から決めていたことだ」

「聞いてません。どうして新しい神父が来るなんてことになる前に、俺に言ってくれなかったんですか」

ハイドは修道士であるギルバートの上役《うわやく》というだけではない。親代わりだとも思っている相手なのに、そんな大切なことをすべてが決まってから教えられ、ギルバートはひどい疎外感《そがいかん》を味わわされた。

「言えば私と共に来ると言い出しかねないだろう、おまえは」

「言うよ。言うに決まってるだろ、そんなの」

そもそも修道士になったのは、ハイドがこの教区の神父だったからだ。ギルバートは別に神さまなんて信じていない。ハイドがたとえ商人でも、農民でも、強盗団の一味であっても、同じ仕事に就《つ》こうとしただろう。

「あんたがいないなら、教会に未練なんてない」

「今ではなくても、私は必ずおまえよりはるかに先にいなくなる人間なんだよ」

「……」

親代わりだと思っていても、ハイドはギルバートの父親というよりは祖父という方が相応しい年齢だ。普通に過ごしていれば、ハイドの言うとおり、彼の方がずっと早く寿命を迎える。そのことについて考えるのが嫌で、ギルバートは出会った頃からわざと意識の外に追い出していた。

「私はね、おまえに私の後追いではなく、自分のすべきことについて、きちんと考えてほしかったんだ。――子供たちのためにもっと施設をよくするという夢ができたんだろう?」

優しいハイドの言葉に、ギルバートはぐっと返す言葉に詰まってしまう。

少し前の自分であれば、たとえハイドが拒否しようとも、即座に彼についていくことを決めただろう。

だが今は、無計画に教会を辞めることができない。救貧院を改善するためには、それを運営する教会との繋がりを断つわけにはいかないのだ。

「でも……」

それは、ごろつきになるしか未来のなかった子供の頃の自分を掬《すく》い上げてくれたハイドと別れてまで叶えたい夢なのか、ギルバートにはわからない。

いや――もっと単純に、寂しいし、悲しいのだ。ハイドと別れて暮らさなければならないことが。それを今まで隠されていたことが。

唇を噛んで自分から顔を背《そむ》けるギルバートの頭に、ハイドが手を伸ばす。

「まだまだ子供だな、おまえは」

実際子供に向けるような声で言われて、ギルバートはムッとした。

ムッとするあたりが子供なのだろうという自覚はあったので、言い返すことは我慢する。

「私を追いかけるよりも、そばにいたい相手がもうできたんだろう」

「……だってあんた、この街を出るったって、どうせ次に行くのはサネルマさんのいる村だろ？」

ギルバートが言うと、今度はハイドがぐっと言葉に詰まったような様子になる。図星らしい。

「あんたがいてカリサがいるなら、俺があの村に行かない理由がない」

「助けを求めている、かつての自分のような子供たちを、この街に置いていってもかい？」

「――」

すぐに頷くことが、ギルバートにはできなかった。また唇を噛み締めるギルバートを見て、ハイドが苦笑する。

「すまない、意地の悪いことを言ったね。……とにかく、慎重に考えなさい。最終的に選ぶのはおまえ自身だよ、ギル」

そう言い置いて、ハイドが礼拝堂を出ていく。

一人取り残されて、ギルバートはしばらくその場から動くことができなかった。

◇◇◇

ハイドはそれから一週間もしないうち、あっという間に教会を去って行った。

他の修道士とちっとも馴染めなかったギルバートは知らなかったが、ハイドは元々高齢だから、その噂は常に流れていたらしい。

誰も驚く様子もなくハイドを見送り、そして新しくやって来た若い神父を当然のように迎え入れた。

若いといってもギルバートよりはずっと年上の神父は、就任《しゅうにん》してしばらくすると、ギルバートを自分の執務室に呼び付けた。

最低限の礼儀は欠かさずにいたつもりだが、不満が顔に出ていただろうか。早速《さっそく》お説教かよとうんざりしつつ、ギルバートはその部屋のドアを叩く。

「どうぞ」

返事を聞いて、ギルバートは部屋の中に入った。

カートライト神父は執務机の向こうに立ったままギルバートを迎え入れた。金髪に眼鏡をかけた神父は、厳しく自分を律していることがわかるような生真面目な顔と、無駄な肉のない体つきを持った、神経質そうな男に見えた。

「何かご用でしょうか?」

別にカートライトがハイドを追い出したわけでもないことは重々承知だが、ギルバートは新しい神父に親しみを感じることができなかった。たとえどんな人間が来ても反撥《はんぱつ》を感じたに違いない。そもそもハイド以外の教会の人間が嫌いなのだ。救貧院の改善を阻《はば》まれ続けている今はなおさら。

「ギルバート君。君についての噂を聞きました」

「噂? 元ごろつきだとか、救貧院出だとか、ハイド神父の腰巾着《こしぎんちゃく》だったとかですか?」

他の修道士たちから、大体そんなことを言われ続けていることは知っている。教会の人間たちも、こっちのことが嫌いなのだ。

とはいえ最初から喧嘩を売るつもりまではないので、ギルバートはあくまで冗談めかした口調で訊ねた。

カートライトが真面目な表情で首を振る。

「ここに来てから君の働きぶりは見ていますから、そこを云々《うんぬん》する気はありません」

「そうですか」

救貧院出なんてさほど珍しくもないし、修道士としての自分にケチのつけようがないことは、ギルバートもわかっている。与えられた仕事はしっかりこなすし、街の人たちからも信頼されている。修道服を脱いだ時はそこそこ羽目を外しているが、厳しく咎《とが》められるような罪は犯していないはずだ。

ギルバートは余裕を持って、いつも先輩修道士たちに向けるような微笑みを、カートライトに対しても浮かべた。

「では一体、何のお小言を？」

「君が獣耳族と親しくしているという噂を聞きました」

ギルバートは表情から笑みを消す。

「——いけませんか」

獣耳族を毛嫌いする人間は世の中に多い。この街はサネルマたちの村が近く、薬や飾り物を売りに来る彼らに慣れているし、最近はロジー親子を始めとして村に出入りする人間も増えてきたから、あまり声高《こわだか》に獣耳族排除を口にする人間はいない。ハイドがサネルマたちに街から離れるよう主張し続けたのは、人というよりも獣耳族を想ってのことだった。

だがよその土地から来た神父が、本気で獣耳族に嫌悪感を抱き、排除しようとしても不思議というほどでもない。

「獣耳族との交流を禁じる戒律はなかったと思いますが」

「はい。私はあまり獣耳族が好きではありませんが、排除するつもりはありません。個人的な好悪《こうお》はさておいて、ハイド神父の意向を汲《く》むことができることを条件にここに呼ばれましたから」

カートライトの返答に内心安堵《あんど》しつつ、ハイドの手回しのよさには少し呆れた。穏やかそうに見えてやり手のハイドは、次に来る神父が自分の方針を引き継ぐことのできる人間だと確認してから教会を離れたのだろう。

「嫌いなのに、追い出すつもりは少しもないんですか？」

とはいえ途中で方向転換されても困る。言質《げんち》を取っておこうと、ギルバートはわざとそう訊ねてみる。

「嫌いというより、単純に怖《おそ》ろしいんですよ。自分よりも力ある者、そして信仰を持たない者が。話が通じる気がしない」

ズレてもいない眼鏡を押し上げながら、カートライトがギルバートを見遣る。

「その意味で、私は君のことも脅威《きょうい》に思っています、ギルバート君」

「はぁ」

脅威を口にしつつ、ちっとも怯えてもいなければこちらを敵視しているふうでもない相手に訝《いぶか》しさを感じつつ、ギルバートは曖昧《あいまい》に頷いた。

「信仰を持たないというのは、一方的過ぎる判断では？」

実際のところそんなものを持ったことは生まれてこの方一度もないが、毎朝の祈りは欠かさないし、微々たる給料や与えられる衣食住の分くらい、神さまとやらがいるつもりで振る舞っているのだが。

「だって君、獣耳族の少女と結婚しようと考えているでしょう？」

「……」

簡明《かんめい》直截《ちょくせつ》なカートライトの言葉で、腹立たしいことに、ギルバートはまた返答に詰まってしまった。

「修道士の間でも、街の人の間でも、噂になっていますよ。それに、君が獣耳族との婚姻について戒律を調べているのも知っています」

カートライトは見た目以上に真面目な、そして神経質な神父らしい。直接訊ねる前に、注意深くギルバートの振る舞いを観察していたのだろう。

だがギルバートに後ろ暗いところは何もない。

のだった。

「それが、何か？」

「私は反対します」

怯《ひる》むことなく答えたギルバートに、カートライトの反応も落ち着いた、そして断固としたものだった。

ギルバートはきつく眉を顰めた。

「何の権利があって？　たしかに私は戒律を調べていますが、そこで『獣耳族との婚姻を許さない』という文章はみつかりませんでしたよ」

「君は『聖職に就《つ》く者は配偶者を持たない』という文脈を『人間の異性と結婚してはならない』と故意に読み替えようとしていますね。戒律の隙をつくつもりで」

たしかにギルバートはそのつもりで、自分とカリサが夫婦になることについて、誰からも文句を差し挟めないよう理論武装を試《こころ》みようとしている。

「でもそれはただの言い逃れ、屁理屈《へりくつ》です。我々教会の人間は家庭や実子を持たず、神々とそれを信じる子らのために生涯を捧《ささ》げる誓いをする者です。あなたの敬愛するハイド神父も同様に、これまで独身を貫《つらぬ》いてこられた」

「……」

「獣耳族とはよき隣人である方がお互いのためです。近づき過ぎれば人同士ですら傷つけ合うことがあるのは、あなた自身が一番わかっているのではないですか」

あんたに何がわかる、という言葉を、ギルバートはどうにか飲み込んだ。カートライトが自分についてただ調べただけでこんな物言いになるわけがないと気づいたのだ。

(多分ハイドの爺さんが、置き土産で話していったんだ)

だとすれば、カートライトが悪意を持って自分にこんな話をしているわけではないと、ギルバートは嫌々ながらに気づいてしまった。

ハイド神父が自分の敵になる相手を残して行くわけがない。だからこの人は多分、自分の味方ではあるのだろうと。

「我々人間と獣耳族とは、決して理解しあえない。個々は別かもしれません。あなたとその少女の間には分かち合えるものがあるのでしょう。ただ、すべての人がそうあれるわけではない。人の中でも獣耳族の中でもうまく生きられず、あなたたちの道は極めて困難なものになる」

頭ごなしではなく、嫌味でもなく、ただ淡々と告げるカートライトの言葉は誠実にも聞こえてくる。

「冷静に。若者をこう説《と》こうとしても無駄かもしれませんが、敢えて言います。頭を冷やしなさい」

だからといって素直に頷く気などギルバートに起きようはずもないのに、どうも反撥し辛いのは、カートライトこそが冷静で、公平に状況を見極めているのだとわかるからだ。

カートライトの言っていることは、きっと自分よりも正しいのだと、ギルバートは思う。

(——でも、譲れない)

ギルバートはカートライトの前で、頷くことも首を横に振ることもできず、ただ目を伏せた。

今さら、誰に何と言われようとも、あの太陽の匂いのする少女と離れることなど決してできっこないのだ。

3

最近どうも、ギルバートがやけに物思いに耽《ふけ》っている感じがする。

村を訪れて一緒にごはんを食べても、子供たちにまとわりつかれてその遊び相手になっていても、どこかうわの空という感じがするのだ。

(やっぱりハイド神父が教会やめちゃったのが、寂しいのかな)

カリサにとっても急な話だったから、ハイドを親同然に慕《した》っているギルバートの衝撃はよほど大きかったのだろうと思う。

そのハイドは今、身辺整理のためといって、故郷に戻っているそうだ。親類や友人に別れを告げて、そして多分、必ずまたこの土地に帰ってくる。

(だってここには、ギルもサネルマ様もいるんだから)

そうカリサは予想している。

だからギルバートはどうしてこんなに考え込む様子になっているのか、いまいちわからなかった。

「ギルの好きなあんまり甘くない木苺《きいちご》のパイを焼いたから、うちにおいでよ。前にギルがくれたとっておきのお茶も淹《い》れてあげる」

村に姿を見せたギルバートの腕を引いて、カリサは自分の家に連れて行った。外だとすぐに遊びたがる子供たちに囲まれて、ちっとも落ち着いて話ができない。

「——悪いな、気を遣わせて」

カリサの家で勧められた椅子に座るなりギルバートに言われて、カリサはムッとする。

「別に、気を遣ってるわけじゃないわよ。私があんたと一緒においしいものを食べたかっただけ」

「そっか」

ギルバートに腕を引っ張られるまま、カリサはその脚の上に座らされた。ゆるく腰を抱かれ、カリサもギルバートの頭をそっと抱き込む。

(……ドキドキする)

たまにこうしてギルバートに寄り添うことがあって、そのたびカリサは狩りの前のように、全力で走ったあとのように、鼓動が速くなった。

落ち着かないのに嬉しい。体の奥から染み渡るような喜びが湧いてくる。

元気のないふうに見えるギルバートを慰めたかったのに、自分ばかりが嬉しい気がして、少し困った。

「……パイ、せっかく焼きたてなのに。食べないの？」

「んーーもう少し」

あまりくっつくと、心臓が鳴っているのがギルバートにまで伝わってしまう。

それを隠しておきたいような、知ってもらいたいような、複雑な気持ちをカリサは最近初めて知った。

「あんたはあったかいな、カリサ。それに、おひさまの匂いがする」

「そりゃあ、いつだっておひさまの下を走ってるもの」

「ついでに今は木苺の匂いもする」

「だって、焼きたてなんだってば。そろそろ食べようよ」

髪や首筋の香りを嗅《か》がれて、カリサの鼓動はますます速くなってしまう。からかうために言われているのならひっぱたいて終わりだが、ギルバートの声音にはカリサが逃げられないような響きがあった。

（やだなあ、もうーー耳とか熱いし……）

人間のようにつるつるの耳じゃなくてよかったと、カリサは心から思った。でなければ、真っ赤になっているのがギルバートにバレてしまっただろう。

「……ねえ、ギル、何か恥ずかしいんだけど」

ギルバートはカリサの髪に鼻面《はなづら》を埋《うず》め、より強く腰を抱くように腕に力を込めている。

これ以上続けると心臓が破裂してしまうんじゃないかと怖くなって、カリサは少し身動《みじろ》いだ。

もぞもぞするカリサに、ギルバートが小さく笑っている気配がする。

それがまたからかっているふうではなく、いかにも「カリサは可愛いな」と言わんばかりの雰囲気だから、カリサはますます耳や首までが熱くなってしまった。

かといって逃げ出すのは悔しいので、もういっそ自分からもギルバートの体に思い切り抱きついてやろうか――と思い詰めた時。

「あっ」

鼻先を、目の前にいる人間のものではない匂いが掠《かす》めて、カリサはぴんと耳と尻尾《しっぽ》を立てた。

「帰ってきた――」

「え？」

感じるのは、嗅ぎ慣れた、そして懐かしい、たくさんの匂い。

「みんな帰ってきた、ギル！」

カリサは声を上げて、ギルバートの脚から飛びおりた。ぽかんとしているギルバートの手を引っ張って、一緒に小屋を飛び出す。

「ほら！」

カリサが指さしたのは、人間の街に続くのとは別の方角。

丘の向こうから、十対《つい》以上の獣耳《じゅうじ》を持つ頭が近づいてきている。

「おーい！」

カリサはぴょんぴょんと飛び跳ねながら、そちらへ向けて手を振った。

長らく狩りのために村を空けていた大人たちが、ようやく戻ってきたのだ。

村に残されていた者たちも、仲間の匂いやカリサの叫び声で気づいたのだろう、ぞくぞくと集まってくる。

一番年の近い、姉妹のように育ったラーラをみつけると、カリサは我慢できずに駆け出した。

気づいたラーラが担《かつ》いでいた革袋を地面に放り出して両手を広げるので、遠慮なくその体に飛びつく。

「ラーラ、おかえりなさい！」

「ただいまカリサ！」

他の仲間たちも、それぞれ狩りに出かけていた者と留守をしていた者同士が抱き合って帰還を喜び合った。置いて行かれた子供はわんわん泣きながら親に縋《すが》りつき、親はそれをみっともないと叱りつつ、自分も目に涙を浮かべたりしている。

「今年は長かったわね！　雪が降り始めたらどうしようかと思ってたわ」

思う存分ラーラを抱き締めてから、カリサは笑って言った。ラーラも笑う。

「帰り支度を始めた頃に、大物の群れをみつけて手こずったのよ。その分、再来年《さらいねん》まで困らないくらいの獣肉を取って帰ってきたよ、ほら！」

ラーラたちは自慢げに狩りの成果を披露《ひろう》していたが、ふと、カリサの後ろにいる黒い服を着た人間に目を留めて、揃って怪訝《けげん》な顔になった。

「何だ、あの人間は」

「あの恰好《かっこう》は教会とかいうとこの神父だろ」

「ああ、朝に村に来ては、カリサに追っ払われてた若造か——」

大人たちが狩りのために村を空けて遠出をする前から、ギルバートが立ち退《の》きの交渉のため姿を見せていた。村に入るより先にカリサが追っ払っていたから、直接彼と面識のある大人はいないが、遠目に姿くらいは見ていただろう。

「この人は、ギルバートっていって、ええと、私の友達よ！」

以前の自分のように、大人たちがギルバートを敵視したりしないように、カリサは急いでそう言った。

ギルバートは礼儀正しく、大人たちに向けて頭を下げている。

「友達……？」

しかし大人たちは訝《いぶか》しそうに、カリサとギルバートを見て囁き合っていた。獣耳族と友達になる人間など、これまで見たことも聞いたこともなかったはずだから、無理もない。

「あ、あのね、ギルバートは——」

見た目こそ真面目で頭の固そうな修道士だけど、本当はごろつきみたいに喧嘩が強いの、とか。

人間より獣耳族が好きな私たちの味方よ、とか。

私のことが大好きみたいで、そのうちサネルマ様に結婚の許しを得に行くって言ってるんだ、とか。

――どれを言うべきでどれを黙っているべきなのかわからず一人で混乱するカリサの前に進み出たのは、サネルマだった。

「さあさあ、長旅を終えて疲れてるだろう。こんなところで話し込んでないで、ひとまずみんな家にお戻り。今日は自分の寝床でゆっくりと休んで、祝い酒もご馳走《ちそう》も明日からだ」

人間を前にどことなく緊張した様子だった大人たちが、サネルマの言葉でほっとした雰囲気に変わった。

「そうだな、今はぐっすり安全なところで眠りたいや」

「足を洗ってあげるわ、新しい服も用意しておいたから、着がえなさいな」

賑《にぎ》やかに話しながら、帰ってきた者も出むかえる者も、各々《おのおの》の家へと帰っていく。

「――あんたも街に帰りなさい、今日のところはね」

ギルバートのそばに近づいてサネルマが囁くのを聞き止め、カリサは目を瞠《みは》った。

まるで追い出すような言葉に聞こえた。

「サネルマ様、どうして――」

なぜそんなふうに促《うなが》すのか訊ねようとしたカリサに、ギルバートが首を振り、微笑《ほほえ》みを向けてくる。

「いいんだ、カリサ。せっかく狩りから戻ってきたのに、慣れない人間の匂いなんてしてたら、落ち着かないだろ」

ポンとカリサの肩を叩いて、ギルバートがそのまま街の方へと去っていった。

「何で……」

ギルバートが悪い人間ではないことは、少し話せばみんなわかってくれるはずなのに。

ギルバートの背中が遠ざかっていくのを見てから振り返ると、サネルマの姿もすでに消えている。気づけばカリサはその場にひとり取り残されていた。

「……木苺のパイ、包んであげればよかった」

カリサの家で、ギルバートのために焼いたパイはもう冷え始めているだろう。

困惑しつつ、カリサもとぼとぼと自分の小屋に戻った。

◇◇◇

だが困惑していたのは大人たちも同様、いや、カリサ以上だったかもしれない。

「何だかずいぶん様子が変わっちまったなぁ……」

夜が明け、朝から外で酒とご馳走の振る舞いが始まった。留守組の女たちが夜を徹して、狩りから持ち帰ってきた肉や木の実、村の備蓄をふんだんに使って、大量の料理を作り上げたのだ。

去年までは、そういうご馳走は、大きくて綺麗な葉や、木をくり抜いて作った大皿に乗せて、地面に並べられていた。

だが今年は、木製のテーブルに綺麗な布で縫《ぬ》ったテーブルクロスを敷き、その上に木だけではなく陶器《とうき》で作られた皿が置かれている。

その様子に、狩りにでかけていた大人たちは、目を白黒させていた。

用意された椅子に腰掛ける者はほとんどおらず、これまでと同じく地べたに直接腰を下ろし、あるいは愛用の切り株に座る者ばかりだ。

「これ、初めて見る料理ねえ」

甘い砂糖漬け、蜂蜜《はちみつ》漬けの料理は、村に残った者たちにはそろそろ馴染みのものだ。しかし塩漬け肉や干し肉を持って狩りに行っていた大人たちには見慣れず、一体どんな味なのかと、警戒したふうでなかなか手を出さない。

「というか――こんなの、必要か？」

大きなかたまり肉を切り分けるために用意された鉄製のナイフを見て、眉を顰《ひそ》める者もいた。

「牙《きば》で引きちぎるか、爪《つめ》で引き裂けばすむ話だろう」

みんな獣耳族には必要ない、見るからに人間の道具に、不快そうな反応を示している。

「あら、でもこれで小さく切り分ければ、お皿に盛る時に綺麗にできるのよ。この方がおいしそうでしょう？」

村に残っていた女たちはそう主張する。

「たしかに、取り分ける時にいいわね。これなら、分けるつもりの肉を、大口開けてほとんど齧《かじ》り取られることもないし」

便利な道具を歓迎する者もいたが、それはごく一部でしかなく、ほとんどの大人たちが戸惑いを隠せなかった。

陶器が増え、馴染みのない料理が増え、服は狩りの時に着れば目立つくらい色鮮やかな色で染められ、せっかくの耳が隠れるような毛編みの帽子を被《かぶ》る子供がちらほらいる。防寒や速く走ることよりも見栄え優先の布靴を履《は》き、木の匙《さじ》を使ってスープを飲む仲間を見て、大人たちは次第に顔を曇《くも》らせていく。

自分たちのために長い間狩りをしてくれた仲間たちを労《ねぎら》うため、なるべく楽に食事が取れるようにと精一杯心づくしをした女たちの方は、彼らの不満げな反応に気を悪くしている。

毎年この日は夜明けから日が沈むまで楽しく、賑やかな宴になるはずなのに、今年はおかしな空気だ。

カリサはどことなく不安な心地で、仲間たちを眺めているサネルマの方を見た。

サネルマは椅子に座らず、地面に腰を下ろすこともなく立ったまま、腕組みで、難しい顔をしている。

（サネルマ様が心配していたのは、このことだったんだ……）

数ヵ月かけて、カリサたちは少しずつ人間の文化に馴染んでいった。けれど大人たちにしてみれば、村のみんなのために命懸けで長い狩りに行ったのに、帰ってきたら村が様変わりしているのだ。おもしろくない気分はカリサにもわかる。

もし自分が大人たちの立場で、ギルバートやフィオナ、ロジーたちと出会う前だったら、同じように思っただろうし、口に出して文句を言ったに違いない。

それでもラーラたち若い仲間は、人間の便利な道具、甘い料理や綺麗な盛り付け、可愛らしい服を歓迎していた。

「こういうのだって悪くないじゃない。そりゃあ、狩りの時には必要ないかもしれないけど、村の中でならさ、私たちだってオシャレもしたいし」

それでますます、特に年嵩《としかさ》の仲間たちがへそを曲げてしまった。

「俺たちよりも弱っちくてだらしない人間なんかの道具に、へらへらしやがって」

「へらへらって言い方はないだろう、これだから頭の固い年寄りは」

「何ですって、あんた誰に狩りの仕方を教わって、いっちょまえの顔ができると思ってるのよ」

めでたい宴の席は、仲間の対立で、どうもぎすぎすしたまま終わった。

（サネルマ様、止めてくだされればいいのに……）

狩りには行かず、かといって人間の道具で料理を手伝ったわけでもないカリサは、自分が口を出せば余計ややこしくなりそうな気がしたので、一人で夜通し焼いた得意の麺麭《パン》をせっせとみんなに配り続けることしかできなかった。

◇◇◇

大人たちが戻ってからしばらくは、ロジーたち人間の子供が村に来るのは遠慮するよう、ギルバートが伝えてくれていたらしい。

それから一週間経《た》って、ひさびさに子供たちとその親が村に姿を見せた。

「ごめんなさい、それ、大人は嫌がるかもしれないから……」

人間たちも、狩りに出ていた獣耳族たちの帰還を祝って、クリームたっぷりのお菓子やら、ナイフとフォークのセットやら、鮮やかな布で作った防寒用のショールやらを持ってきてくれた。

カリサが申し訳ない気分で受け取りを拒《こば》むと、人間たちは揃って不思議そうな顔になる。

「便利なのに、どうして嫌がるのかしら」

「ねえ。この鉈《なた》があれば狩りだってやたらと手を汚さずにできるのに。うちのお父さんも、鶏《にわとり》や山羊《やぎ》を絞《し》める時の血抜きに使ってるのよ、これ」

人間たちは、獣耳族の考えが理解できないようで、首を捻《ひね》るばかりだ。

「大体家畜を持たないのも不思議なのよね、牧場を作ればいいのに」

「そうよね、わざわざ危険を冒《おか》して遠い土地まで狩りに行かなくたって、こんなに広い土地があるんだから。子供と長く離れることもなくてすむし……」

人間たちは親身になって考えてくれているだけで、そこに悪意はない。

「でも……私たちは、自分の分を自分に足りるだけ持てば充分なの」

そう伝えるカリサの声は小さくなる。人間たちは、本当にただ、腑《ふ》に落ちないという顔をするだけで、それ以上自分たちの道具を押しつけることはなかった。

獣耳族だって、道具を使う人間たちが気に入らないから彼らをやっつけてやろうなんて気までは持っていない。

ただ——生き方が違うだけなのだ。

狩りから帰ってきた獣耳族があまり自分たちを歓迎していないと肌で感じたのだろう、それから子供を連れた人間が村を訪れることは極端に減ってしまった。

カリサは寂しかったが、同時に、ほっとしてもいた。

「賑やかで、楽しかったのに……安心するのって、私、薄情なのかしら」

獣耳族の子供たちは少し寂しげではあったが、遠慮なく取っ組み合える仲間だけになったことを、喜んでもいた。

元気に笑い声を立てながら追いかけっこをする子供たちを見ながらぽつりと呟くカリサの側《そば》を、ちょうど通りがかったイノ爺が、慰めるようにその背中を叩く。

「結局ワシらは、人間とは距離を置いた方がいいのかもしれないなあ」

「……そうね」

違う、と言い張ることが、カリサにはできなかった。

◇◇◇

冬を前にして、フィオナも一度自分の生まれ育った家に帰ることにしたらしい。

「いつまでもこのままでいられませんし、一度――手紙だけではなく、やっぱり直接お会いしようと思って」

その準備で慌ただしかったらしく、フィオナはカリサたちの村と街の人間たちの間にぎこちない空気が流れていることを知らないままで、カリサはそのことにもほっとした。

久しぶりに両親の許《もと》に帰ること、そして例の獣耳族に会うことで緊張し通しのフィオナに、余計な心配をかけたくなかった。

「本当は、通訳がてら、カリサさんについてきていただければ心強かったのですけど……そこまでの我儘《わがまま》は言えませんものね」

街に見送りに来たカリサを見て、一人で乗り込む予定の馬車を前に、フィオナはずっと不安そうだ。

「文字はともかく、言葉は人のが充分喋《しゃべ》れるみたいだから大丈夫よ、きっと。万が一変な奴だったら、すぐ戻ってきなさいよね」

「ええ……」

「ところでギルは？　見送りには来ないの？」

フィオナ同様、ギルバートもしばらく忙しいらしく、ほとんど村に姿を見せなかった。こちらは村の者の複雑な気持ちを把握しているようだったので、あえて時間を置いているのだとカリサにもわかるが、妹分のフィオナが街を出るというのに姿を見せないのは、おかしな話だ。

「あら、カリサさん、ご存じありませんの？　ギルバート様なら、他の街からやってきた事業家を名乗る人を止めるのでお忙しいようだから、今日も先にお別れをすませましたけど……」

「事業家？　何それ？」

「おい、お嬢ちゃん、そろそろ出発していいかい？」

カリサが首を捻《ひね》った時、痺《しび》れを切らしたらしい辻馬車の馭者《ぎょしゃ》が声をかけてきた。フィオナが慌てて馬車に乗り込む。

「ごめんなさい、もう行きますわ。何がどうなっても、春にはまたこちらに参りますから」

「うん、気をつけて。手紙書いてね」

「ええ、いろいろとありがとう、しばらくお元気で」

慌ただしく挨拶《あいさつ》をすませると、フィオナを乗せた馬車が走り去ってしまう。

最初はお互いしっくりこなかったのに、今ではカリサにとっても妹分というか、親友になったフィオナがいなくなるのは、ひどく寂しい。

（……ギルは、教会にいるのかな？）

事情はよくわからないものの、忙しくしているようだが、ちょっと顔を見るくらいはいい気がする。

カリサは教会に向かい、辺りをうろうろと歩き回った。

（何か苦手なのよね、この教会っていうの）

やたら厳《おごそ》かな感じがして、中に出入りする人間もみんな真面目腐《くさ》った顔をしているし、近づきがたい。

周囲にギルバートの姿はなく、彼が寝起きしているという寄宿舎や、修道士たちが世話する畑や養蜂箱《ようほうばこ》の置かれた場所は、教会のさらに奥にある。そっと素早く忍び込むことはできなくもないだろうが、何となく気が引けた。

「――お嬢さん」

うまいことギルが通りがかればいいのに……としばらく教会の門あたりを行ったり来たりし

ているうち、突然、人間の男に声をかけられた。カリサはびくっと耳と尻尾の毛を立てて、振り返る。

「な、何？　誰……？」

ハイド神父が着ていたものと同じような黒い服を着て立っていたのは、彼よりももっとずっと若い、金髪の人間の男だ。

「もしかして、ギルバートを探しているのかな？」

「そうだけど……」

服装からして、ハイドの代わりにやってきた神父というやつだろう。話はギルバートから聞いている。悪い人間ではないが、いろいろ見透かされているようで、向かい合っているとちょっと居心地が悪い、ということも。

「彼なら少し前に、あなたの村に行きましたよ」

「えっ、そうなの？　入れ違っちゃったのね……ええと、どうもありがとう」

カリサは神父に礼を言ってから、急いで走り出した。なぜか妙な胸騒ぎがする。しばらく村から遠ざかっていたギルバートが、自分に連絡も取らずに村に行ったなんて。

大急ぎで走って帰ってきたカリサは、村に続く橋の上で仲間たちが人間の集団と揉《も》めている様子を見て、ぎょっとした。

「ちょっと、どうしたの、これ⁉」

大人たちは耳と尾の毛を逆立《さかだ》て、牙を剥《む》き出しにして怒鳴り声を上げている。

対する人間たちは、怯《おび》えた様子で身を寄せ合いつつも、どこか傲然《ごうぜん》とした眼差しをそんな獣耳族たちに向けていた。

「何て分からず屋だ、所詮《しょせん》獣だな！　せっかく便利で、楽な暮らしにしてやるって提案してやってるのに！」

「いいからとっとと失せろ！　俺たちの村にずかずか入り込んでくるんじゃねえよ、人間が！」

仲間たちはカリサのように人間の言葉はわからないし、人間たちも獣耳族の言葉を使えないようだから、お互いの言っていることはそれぞれ理解していないのかもしれない。

とにかく一触即発という空気が満ちていて、何かひどい揉めごとが起こっているのは、カリサにもすぐにわかった。

「いいから一度街に戻りましょう、これじゃ話し合いも何もないじゃないですか」

集団の先頭に立つ男の体を押さえ、街の方に引き戻そうとしているのは、ギルバートだった。

そのギルバートに向けて、獣耳族の先頭に立つ大人が威嚇《いかく》するように牙を剝くのを見て、カリサも慌ててその間に割って入る。

「一体どうしたっていうのよ、何を騒いでるの？」

「——カリサ！　おまえの連れてきた人間のお友達とやらは、とんだ厄介者《やっかいもの》だよ！」

仲間が興奮状態で声を荒らげる。カリサが振り返ると、ギルバートが苦い顔でカリサを見ていた。

「悪い。ずっと止めてたのに、こいつら、今日になって強引にここに押しかけてきて」

「よくわかんないけど、とにかく、引き離そう。私はみんなを村に連れて帰るから」

「ああ、俺もこいつらを街に叩き返してくる」

お互いひどく苦労したが、カリサは仲間たちを説得して村に連れ帰り、ギルバートも途中からほとんど脅《おど》すような口調になりながら、人間たちを街に押し戻して去っていった。

カリサが村に戻ると、浮かない顔をしたサネルマが外に立っていた。隣にイノ爺《じい》も、同じような表情で佇《たたず》んでいる。

「サネルマ様、一体、どうしたんですか？」

「……どこかの街から来た、事業家だか投資家だかいう輩《やから》がね」

事業家がどうのと、フィオナも言っていたのをカリサは思い出す。

「何なんですか、それ」

「この村に水道を引いて、石造りの家を建てて、雨でも消えない大きなランプを並べてやるってさ。慈善事業だから代金は必要ない、ただし生まれ変わった村を人間たちに開放して、仲よく、文化的な暮らしをしろだの、何だの」

「……」

カリサは呆気《あっけ》に取られて、相槌《あいづち》を打つことすらできなくなった。

てっきり以前のギルバートのように村の立ち退《の》きでも迫《せま》って揉めているのだと思っていたが、まったくの予想外の言い分だ。

「何のために？　人間に、何かいいことがあるんですか、それ？」

「代わりに獣耳族の作る薬や細工を寄越せだの、力仕事に雇《やと》ってやるだの、言いたい放題だったよ。金なんていらない、いや、そういう便利なものを持っていないおまえたちの面倒を自分たちが見てやる、ってさ。野蛮《やばん》な生活はやめて人間並みの安全で清潔な暮らしを得たら、みんな嬉しいだろってばかりの言い分だ。押しつけがましいったらありゃしない」

サネルマは人間たちのその言い種《ぐさ》に腹を立てているようではあるが、声に覇気《はき》がない。

「……やっぱりこの土地はもう、無理だね」

ぽつりと続いたサネルマの呟きに、カリサは驚愕《きょうがく》して彼女を見た。

「無理って……？」

「人間とそれなりに友好的な獣耳族の村があるって、他の街でも噂になってるらしい。獣耳族の作る薬や細工物は高く売れるからね。それを作る薬草や木々を育てるのに、秘伝があるって信じてるようだったし」

秘伝といえば、秘伝なのだろうか。獣耳族にしかうまく育てられない薬草というものはある。特に秘密にしているコツがあるわけではなく、カリサたちは自然とやっているだけだが、人間にとっては羨《うらや》むべき技術なのだろう。

「人間は私たちの持つものの価値に気づいてしまい、私たちも人間の道具の便利さに気づいてしまった」

サネルマの静かな言葉に、イノ爺が微《かす》かに頷いている。

「そうだなあ、ワシら大人はまだいい。だが、若いのや小さいのが自然の中を自力で生き抜くことより先に道具の便利さを知ってしまえば、それに依存するようになる」

「私たちは、自分の力では作り出せない道具を持つべきじゃないんだよ、カリサ。牙や爪を持たずに寄り集まって生きる人間の大きな群れとは違う。自然に反して生きられる体じゃない。耳も尾も必要のない暮らしをしていけば、心から萎《しお》れて、死んでいくのが獣耳族だ。……たとえどれだけ親しくなれたとしても、人には決して理解できない本能なんだ」

「……」

サネルマの言うことが、カリサには痛いほどわかる。まだ成人前だからと村に残されたことが、カリサにとってはとても辛かった。早く全力で走り回って、狩りのスリルを味わいながら自分の腹を満たしたいという本能は、きっとどうやっても消すことができない。

便利な暮らしで楽をしたいなんて望んだことは一度もなかった。たとえその方が安全に長生きが出来ると言われても、サネルマの言うとおり、心から先に死んでしまうだろう。

「……人と共に生きていくことは、どうしてもできないんでしょうか……」

ギルバートの顔が頭に浮かんで、カリサは泣きたくなった。

一緒にいたいのに。結局、人間であるギルバートとも、生き方が重なることはないのだろうか。

「今はね。先のことはわからないけど」

カリサの気持ちが伝わったのか、サネルマが優しい仕種で背中を撫でてくる。

「たとえどうにか本能を消して、人の社会に紛《まぎ》れたとしても、私たちのこの耳も尾も隠しようがない。かならず軋轢《あつれき》が生まれて、お互いに傷つくことになる。まだ、早いよ。さっきの人間たちだって、私たちを『文化的でない』劣《おと》った生き物だからと親切ごかしにやってきたんだ。私たちがその気になればあっという間に自分を殺せることを理解したら、掌《てのひら》を返すのは目に見えている」

あの事業家とやらは、おそらく獣耳族の噂を聞きつけただけで、実際見るのも初めてだったのだろう。でなければ、身を守る道具のひとつも持たずに直接押しかけてくるなんて、考えられない。

（でも私たちの力を知れば、きっと今度は、武器を持ってやってくる……）

そのことを、ずっとカリサたち獣耳族は恐れながら、人間の街の近くで暮らしているのだ。

「ギルバートは……フィオナやロジーたちも、私たちが獣耳族だってわかっていても仲よくしてくれてるのに……」

「その方が稀《まれ》なことなんだよ。――私は自分が生きているうちに、自分の大切な家族が傷つくところを見たくない」

そう言って、サネルマが自分の手を見下ろす。

「臆病《おくびょう》なんだよ。こんな牙や爪を持っていてもね」

カリサはただ、黙って小さく首を振った。

◇◇◇

サネルマが村の移住を決めたと聞いて、大人たちの大半は「なぜ人間に追い出されなければいけないんだ」と激怒した。

そして三日三晩激しい議論が続いたが、サネルマの意志が固いことを知ると、最終的には村《むら》長《おさ》である彼女に従うことをしぶしぶながらに全員が納得した。

「カリサたちは初めてだろうけど、私やイノ爺なんかは、移住ももう何度目かになるからね」

そうと決めてから、サネルマはさっぱりした顔になって、仲間たちの荷造りを指揮し始めた。

狩り場の獲物が減ったり、雪が深すぎて毎年の越冬《えっとう》に苦労したり、大雨で住処《すみか》が駄目になったりと、その時々で理由は様々だが、獣耳族の移住はたしかに珍しくないものらしい。中には季節ごとに住処を替える聚落《しゅうらく》もあると聞くし、カリサたちの村は少し長く同じ場所に留まりすぎたほどだ。

（人間みたいに、大きな家とかたくさんの荷物があるわけじゃないものね）

だから荷造りに大した時間はかからなかった。移住の結論が出た翌日には、それぞれが持てるだけの荷を持って、それぞれの家を出る支度を始めている。

大人の何人かはすでに先行して、家を建てられそうな場所に木材を運ぶ仕事に手をつけていた。

「私もついていくよ」

故郷から戻ってきたハイドが移住の話を聞きつけて村にやってくると、全員の出発を見届けるために残ったサネルマに対して、頑《かたく》なにそう言い張った。

カリサはイノ爺やアネッタと共にサネルマの出発を待っている時、彼女の前に立ちはだかるハイドの姿を見た。

サネルマが呆れた顔になっている。

「あんた、私の説明を聞いていたのかい。人間の社会に獣耳族が、獣耳族の社会に人が紛れることができないからこその決断なのに――」

「こうなる時が来たらついていくって、ずっと言っていただろう、私は」

どうやらハイドとサネルマは、以前から村を離れなければいけないことを予測していたようだった。

ハイドがお茶を飲みにくるたび、ふたりでそんな話をしていたらしい。

「だからそのたび、私は『無理だ』って言ってただろう。あんたは人間なんだ、そんな脆弱《ぜいじゃく》な体、しかも年寄りのくせに、この冬が越せるかどうかだって怪しいね」

「そう、私はもう老い先短い身なんだ。故郷に看取《みと》ってくれる家族もすでにおらん。友人もほとんど墓の下だし、蓄《たくわ》えは全部後進に譲《ゆず》る手続きもしてきた。——あんた以外に、誰がこの老いぼれが死んだ時、土に返してくれるんだ？」

「——」

イノ爺に背中をつつかれ、カリサはそっとサネルマとハイドのそばを離れた。カリサももう、小屋の荷物を背負って出かけなければいけない。

「……あんたの神さまは怒るんじゃないのか」

小さなサネルマの声が、カリサの背中の方から聞こえてきた。

「聖職者はもう辞めたんだよ。いつかそうするって、私はあんたに出会った時から決めてたんだ、サネルマ」

カリサが自分の小屋に戻ると、ギルバートが待っていた。

ギルバートは昼間だというのに黒い修道服ではなく、白い麻のシャツと茶色いズボンを身につけている。

「俺もついていく」

そう言うギルバートに、カリサは目を伏せた。

例の事業家が押しかけてきたことに、カリサたち獣耳族よりも憤《いきどお》っていたのは、ギルバートだった。

人間にはほとほと嫌気が差したと言って、あれからギルバートの笑った顔を見た覚えがカリサにはない。

「駄目だって、ずっと言ってるでしょ」

まるでさっきのサネルマとハイドの会話のままだ。

サネルマと違うのは、カリサの方には、絶対に頷く気がないことだった。

「教会はさっき辞めてきた」

未練もない様子で言うギルバートに驚いて、カリサはハッと顔を上げる。

「カートライトには引き止められたけど、知ったことじゃない」

「駄目よ、だって、あんたにはやりたいことがあるんでしょう?」

自分のような親のない子供を守るために、救貧院《きゅうひんいん》をよくするのだと言って、そのためにできることはないかと真剣だったギルバートを、カリサは知っている。

「そんなのはもうどうでもいい。いくら俺があがいたって、そもそも教会にそんな余力はないんだ。上は利権にしがみついて、街の神父には何の権限もないし、地方の修道士なんて王都の聖職者にとってものの数にも入ってない。たとえ教会に居続けたって何も変えようがないなら、残るだけ無駄だ」

「……でも、駄目。ギルバートはついてこないで」

「どうして。あんたは、俺と離れてもいいのか？」

そう言われると、カリサは返事に困る。

そんなわけないでしょとギルバートに叫びたいのを、必死に堪《こら》えた。

「ここから遠いところに行くわけじゃないって、説明したじゃない。街には私の薬を必要としてる人間はいるし、まだ売りに行くつもりはあるんだから」

移住すると言っても、街の人間があまり気軽に来られない場所に行くだけだ。川と小さな山をもうひとつずつ越えるだけ。獣耳族の脚なら、夜明け前にそこを出れば、昼になる前に街に着く距離になるだろう。深い森の中に家を建てて、事業家とやらが「よりよい暮らしを」などと押しかけてこないような場所を、大人たちが選んできた。

「教会の仕事が休みの時に、遊びに来てよ。会えなくなるわけじゃないのよ」

もし会えない距離になるなら、カリサもずいぶん悩んだだろう。

このあたりは気候も穏やかで水害の心配もなく、新鮮な水や果実も多くて住みやすいからこそ、長年聚落があり続けたのだ。まったく知らない土地に急に移り住むのは、獣耳族にだって危険が多すぎる。何年もかけて育てている薬草畑を手放すのも惜しい。大移動ではなくちょっとした移動であることで、反対する大人たちも納得してくれた。

「俺は人間の社会に未練なんかない」

ギルバートは頑《かたく》ななほど、カリサに首を振り続ける。

「……でも」

カリサはもう一度目を伏せた。

「人間が嫌いだからって私たちの中に入ろうとしたって、うまくいきっこないわ」

「──」

虚《きょ》を突かれたような顔になったギルバートが、口を噤《つぐ》む。

本当はこんなこと、カリサは言いたくなかった。

けれどきっと、自分が言わなくてはいけないことだ。

「でも……ハイド神父は」

食い下がるギルバートに、カリサは小さく首を振る。

「あの人はもう充分な時間を人間の中で暮らして、私たち獣耳族がこの村で無事に暮らせるよう尽くしてくれた上で、死ぬ前にって、サネルマ様のところに来たのよ」

ハイドがサネルマを昔から愛していたことは、カリサの目から見ても疑いようがない。

それでもハイドは彼女のそばにいることより、人間の社会にいながら、彼女の大事なものを自分が守ることを選んだのだ。

ハイドが若い頃は、村から本気で獣耳族を追い出そうとする人間が多かったとサネルマに聞いた。それを抑えてくれていたのは、ずっと、ハイドだったのだと。

「ハイド神父は自分の夢を叶えただけで……人間が嫌だからって街を逃げ出すわけじゃないわ」

「……」

今度こそギルバートが黙り込む。

カリサは相手の顔を見ることができなかった。

「ごめん、ギル……あんたを傷つけるつもりはないの。でも」

ギルバートが深く溜息をつく気配に、カリサは身を竦《すく》ませ、言葉を途切れさせた。

そんなカリサを見てギルバートが今度、微かに苦笑する。

「……いや。いい、あんたの言うことが正しい」

ギルバートが近づいてきて、そっとカリサの両手を取った。

「あんまり腹が立ちすぎて、ちょっと、先走りすぎたな。たしかに事業家とやら、それに仲間を助けるために何もしようとしない教会の奴らに、嫌気が差してはいたけど——」

ぎゅっと、ギルバートがカリサの手を握る。

カリサがおそるおそる顔を上げたら、ギルバートが優しい顔で笑っていた。

「でも、カリサと一緒にいたい気持ちは本当だ」

思い詰めていたような空気がギルバートから剝《は》がれ落ち、カリサは安堵して泣きそうになりながら、相手に身をすり寄せた。

「わかってる。……私も、同じ」

「ああ。俺もちゃんとわかってる。困らせて、悪かったよ」

「ばか」

カリサは自分からギルバートの胴《どう》に両腕を回して抱きついた。

「小さい頃のギルを助けたかったって、私だって思ってるんだから。私に何ができるわけじゃないけど、せっかくギルが持った夢なんだから、応援くらいさせて」

「あんたがそう言ってくれたから、俺は夢を持てたんだ。俺みたいな寂しい子供のそばにいて、うまい飯を食べさせて、ちょっとくらいは元気になれるように」

「うん。そう思ってるギルが、大好きよ」

人間の仲間を突き放すようなことをギルバートが口にするたび、カリサは悲しかった。いつまでも、幼い頃に人に裏切られたという、今でも修道士の仲間に爪弾《つまはじ》きにされているという、ギルバートの傷が癒《い》えないままのような気がしたからだ。

だからどうしても、ギルバートの中に芽生えた優しい心を、大事にしてほしかった。

「でもカリサが一番大好きなのは、サネルマさんなんだろ?」

訊ねるギルバートの声音が、ちょっとからかうようなものになる。

いつもの調子が戻ってきたらしい。笑いそうになったが、カリサはわざとムッとした顔を作ってギルバートを見上げた。

「ギルこそ、教会を辞めたハイド神父に置いてかれちゃうって、泣きべそだったくせに」

「誰が泣きべそだ、誰が」

ギルバートも怖い顔になって、カリサの頬を両手で挟む。

何となくそうした方がいい気がして、カリサは目を閉じた。

さっきまで住み慣れた村を離れることや、ギルバートに向けなければいけない言葉を思って、あんなに悲しかったのに。

ギルバートの唇が自分の唇に触れるだけで、カリサの中には幸福な気持ちが溢れそうになった。

何度かキスしたあと、ギルバートはカリサの頬や目許《めもと》、額《ひたい》にも口付けてから、急に「ああ、そうか」と声を上げた。

「何……？」

キスの心地よさにうっとりしていたカリサは、ようやく目を開いて、ギルバートを見返す。

ギルバートもカリサを間近で見下ろしていた。

「別に獣耳族の社会の中に、俺が入っていく必要はないんだ」

「え？」

「俺とあんたが一緒にいるために」

ギルバートが何を言っているのかわからず、カリサは眉を寄せて首を傾げる。

「でも……私が人間の社会に入ることもできないわ」

「だからさ」

ギルバートが、カリサの両腕を掴み直した。

「俺とカリサで、新しい村を作ろう」

「え？　新しい村って？」

「いや、村はちょっと気が早いか」

カリサは混乱するのに、ギルバートは自分の思いつきを纏《まと》める様子で、ぶつぶつと何か呟いている。

「ギル？　あんた、何を言ってるの？」

ギルバートは改めてカリサを見下ろし、笑顔になった。

「あんたの次の誕生日が来たらすぐ、結婚しよう、カリサ」

「ええっ!?」

突然の求婚に、カリサはますます混乱してしまう。

「あ、その前に贈り物だよな。ちゃんとイノ爺に聞いて何を渡すかの目星はつけてるんだけど、それをカリサが受け取ってくれたらの話か」

「待って、そ、そりゃ、そうしてもらえたらすごく嬉しいけど、っていうか、次の誕生日にはきっとそうしてくれるだろうなって思って、待ってたし……」

ついつい本音を正直に漏らしてしまったカリサを見て、ギルバートが嬉しそうににこりと笑った。

その表情に見蕩《みと》れている場合ではない気がしたのに、カリサはギルバートの笑顔から目が離せなくなってしまった。

「サネルマさんや長老格が結婚を許してくれたら、新しい家を建てる場所をもらえるんだろ？」

「う、うん、そうだけど……」

「なら俺たちの家は、新しいサネルマさんたちの村と、俺のいた街のちょうど真ん中辺りに作ろう」

「真ん中……？」

「そう、遠すぎず、近すぎず。カリサの脚と俺が乗る馬で進んだ時、同じくらいの時間で行ける場所に」

楽しそうに話すギルバートを見上げるうち、よくわからないまま、カリサは胸が弾《はず》んできた。

「結婚したら、いずれ俺たちにも子供ができるだろう？」

そしてそんなことを言われて、胸が弾むというより、心臓が止まるくらいどきりとしてしまった。

「そっ、そうね、いずれ、結婚したら」

赤くなるのは止められない。村の子も人の子もカリサにはみんな可愛く見えていた。だったらギルと自分の子供ならどれだけ可愛いだろうと想像だけでクラクラする。可愛いだけじゃなくて、きっとうんと脚が速くて、うんと強い子になるはず。

「その子は、獣耳族と人間の真ん中の子だ。――どちらの暮らしにも馴染まないかも知れないし、受け入れてもらえないかもしれない」

「……うん」

それも、カリサには簡単に想像がついてしまった。

自分たちがいくら愛し合って、慈《いつく》しみあったから生まれた子供だとしても、その子は苦しみ、悲しむことになるかもしれない。

それを考えると、ついさっきまで浮き立っていた心が沈みそうになる。

顔を伏せるカリサの頭に、ギルバートがまた唇をつけた。

「だから最初から、俺たち家族が暮らす家を作るんだ。あんたは今までみたいに薬を作ってくれ。俺がそれを街に売りに行く。あとは俺たちが食べる分の畑を作って、蜂《はち》や山羊《やぎ》を育てる」

「それなら私の暮らしは変わらないけど、ギルは……?」

獣耳族の村からも人の街からも離れた場所で、家にこもりきりになって、人との繋がりを断つつもりだろうか。

「ギルには、夢があるのに……」

「勿論《もちろん》、それも叶えるつもりだ」

不安を覚えるカリサに、ギルバートは明るい声で、きっぱりと答えた。

「教会が変わるのなんて待ってられないから、戻る気はもうないけどな。別の道筋で実現させる。でもそのためには、金も人脈も必要になる。人の子を預かるなら、結局教会や王宮の許可もいるだろうから、人間とのつき合いを拒否していたら成り立たない。今のカートライト神父はちゃんと話せば聞く耳くらいは持ってそうだし、噂だと王都から来た貴族の七男だか何だかいう奴らしいから、味方につけておいた方がいいだろうし」

「そ、そうなんだ」

まくしたてるギルバートの言葉を、カリサはただただ頷いて聞くばかりだ。

でも、ギルバートの顔が明るくなっていくのが、とてつもなく嬉しかった。

「そう、だから……そうだな……うん、そうか」

ギルバートはめまぐるしく頭を働かせて、次々と今後のことを考えているようだ。

「俺たちが街に行くだけじゃなくて、いずれ、人も獣耳族も俺たちの村に来るようにすればいいんだ」

「うん？」

「獣耳族が作る薬や飾りもの、人の作る道具や食料、その仲介《ちゅうかい》を俺たちがするんだ。あれだ、商会を作ればいい」

「商会……」

先日村に押しかけてきた事業家のことを思い出してしまって、カリサはつい渋い顔を作る。

そのカリサの頬を、ギルバートが笑って指で摘《つ》まんだ。

「便利だとしても、お互いの手に余るもの、わけのわからないものを突然持ち込まれたら、警戒するのはあたりまえだ。こないだ来た奴らはそこを弁《わきま》えてなかった。一方的で独善的で、カリサたちのためだって言いながら、獣耳族の話をまず聞こうとすらしなかった」

「思い出したら、ムカムカしてきた。一発くらい殴ってやればよかったかも」

「しつこいから、追い払うついでに一番偉そうなのを三発くらい殴っておいた。それで謹慎中だったんだよな、実は」

こっちは冗談で言ったのに、ギルバートが真顔で言うもので、カリサは笑っていいのか呆れていいのかわからないまま、結局噴き出した。

「それで私たちが移住するかどうか三日三晩話し合ってる時、村に来なかったんだ」

サネルマと反対する大人の間で充分揉めていたのに、そこにギルバートが加わったら余計に混乱しただろうから、よかった――と言ってしまってはギルバートが気の毒かもしれないが。

「だからちゃんと、カリサは獣耳族にとって、俺は人間にとって、便利だけどある程度安全だってわかるものを選ぶんだ。それを買い取って、必要としてる相手に売る。その手数料をもらって、次の商売に繋げる」

「いつも薬を買ってくれる店の人みたいなことをする……ってこと？」

カリサの薬を必要とする人間に、直接それを売るわけではない。人間は獣耳族であるカリサを怖がるから、『こんな薬がある』と話しかけることすら難しいだろう。

「そう、あの店主は街の人に信用があるから、獣耳族の薬でも買ってくれる客がいる。要するに俺たちも、客に売るのは商品だけじゃなくて、『知識』と『信用』だ」

知識と信用、とカリサは口の中で繰り返す。

「あんたの仲間が人間の道具を使うことに懐疑的《かいぎてき》でも、『カリサが言うんだから大丈夫』っていう保証があれば、手に取ろうって奴も出てくるだろ？」

「それは多分、そうね」

実際、カリサが街で買ってくる油や蠟燭《ろうそく》は、村でも重宝されていた。

「当然、その道具に関しては売る俺たちも責任を持たないとならない。儲《もう》けになるから高値で売りつけるってやり方じゃ駄目だ」

「じゃあよっぽど、信用してもらわなけりゃいけないわね」

「そう。だから折々に獣耳族や人を誘って、これまで村でやってたような食事会なんかもやるのがいいかもしれないな。別に俺たちを通さなければものの売り買いができないようにして、利益を独り占めするのが目的じゃない。獣耳族と人との橋渡しをするんだ」

「橋渡し……」

その言葉も口の中で噛み締めるように呟いてから、カリサは顔を輝かせてギルバートを見た。

ギルバートは人間を遠ざけることなく、カリサから離れることもなく、それでこの先暮らしていけるかもしれないということだ。

「それってすっごく、素敵ね！」

「だろ」

頷くギルバートは、今まで見た中で一番といっていいくらい、嬉しそうな笑顔になっている。

「集めた金で、そのうちまともな救貧院……もっと別の名前を考えるとして、人間だろうが獣耳族だろうが、身寄りのない子供を独り立ちできるまで面倒見る場所を作るんだ。誰にも殴られたり、餓《う》えたり、凍《こご》えそうになりながら地面で寝る必要もなくなるように」

カリサはギルバートに抱きついて、今度は自分から相手の唇に自分の唇を押しつけた。

「私もギルのやりたいこと、手伝えるってことね？」

「勿論。力を貸してくれ、カリサ」

サネルマが移住を決めてからずっと曇っていた、いや土砂降りだった心の中が、一気に晴れたような心地だ。

カリサは跳ね回りたいくらい嬉しくて仕方がなかった。

実際ギルバートにしがみついたままぴょんぴょん跳ねていたら、遠慮がちに小屋のドアを叩く音がする。

「カリサ？　サネルマが、そろそろ出ると言っているよ。ギルバートとの別れはまだすまないかもしれないが……」

遠慮がちな、気の毒そうなイノ爺の声を聞いて、カリサはギルバートと目を見合わせて、弾けるように笑った。

「待って、今行くわ！　サネルマ様、イノ爺にも、聞いてほしいことがあるの！」

カリサはギルバートの手を引いて、元気よく、住み慣れた小さな小屋を飛び出した。

◇◇◇

それからカリサの誕生日までは、毎日めまぐるしく進んだ。

まだサネルマたち村の大人から正式な結婚の許しは出ていないが、カリサもギルバートもすっかり気持ちを決めて、これからの支度を始めたのだ。

ギルバートは教会を辞めると言っていたが、カートライトの助言でしばらく修道士として残ることになった。

辞めるにせよ、いきなりでは後足《あとあし》で砂をかけたことになってしまう。やりたいことがあるのなら手順を踏んで、愁《うれ》いを残さずに辞めた方がいいと言われて、ギルバートは素直にその提案を呑んだようだった。

冬を越えてそろそろ春を迎える頃、カリサは十七歳になった。

その日、朝早いうちにカリサはギルバートに会いに行った。

「誕生日、おめでとう。――これ、受け取ってくれ」

ギルバートがカリサに差し出したのは、彼の瞳と同じ深い青色の石を磨《みが》き上げ、細い革紐《かわひも》を複雑に編んだ中に塡《は》め込んだ髪飾りだった。

カリサはそれを受け取ると、すぐに自分の髪につけた。

「ありがとう。似合う？」

「勿論」

ギルバートが笑顔で頷いて、カリサの目許《めもと》に唇をつける。

カリサは嬉しくて、弾けそうな胸を持て余しながら、ギルバートにキスのお返しをした。

「すごく綺麗。これ、人間の店で買ったの？」

「いや、俺が作ったんだ」

見事な出来映えだったから、そう聞いてカリサはひどく驚いた。

「石細工師と、革細工師に、こっそり弟子入りして。せっかくカリサに贈るのに、全部人任せにして作られたものじゃ、物足りないだろ」

「……やだもう、すごい、嬉しい……」

嬉しいのに、泣けてきてしまう。カリサは隣に座るギルバートの方に体を寄せた。

カリサとギルバートは、冬から春にかけて自分たちの力でコツコツ建てた新しい家の新しい寝室で、同じ寝台に腰掛けながら寄り添っている。

結婚の許しも得ていないのに家を建て始めたことに、一部の大人は渋い顔をしていたが、結局みんな見ない振りをしてくれた。時々こっそり手伝ってくれた仲間もいる。

数日前にこの家が完成してから、教会を辞めたギルバートは、一人で先に棲《す》み着いていた。

「私もすぐにお返しを作るから、待っててね。明日はみんなにこれを見せびらかして歩くから」

カリサははしゃいで言った。

「ああでも、もう、まどろっこしいなあ。どうせみんな、私とギルが結婚するのなんて、わかってるのにね」

サネルマには自分たちのやりたいことはもう話しているし、他の大人たちも下準備をするうちに察しているだろう。すでに人間相手の商売になりそうなものについて相談して、発注までかけているのだから。

やはりそのことをよく思わない仲間がいないわけではないが、少しずつわかってもらえるように頑張るつもりだった。

「そうだ、フィオナから手紙が来たでしょ。あの子も自分の家だけじゃなくて、こっちでも結婚のお披露目《ひろめ》をしたいっていうから、ここに招待しようよ」

フィオナは結局春になっても戻らず、代わりに、「求婚を受け入れました」という報告の手紙が届いた。その準備で慌ただしく、なかなかカリサたちのいるところへ顔を出せないままのようだ。

「どうやって結婚を決めたのか、聞き出さなくっちゃ」

きっとそうなるだろうなとカリサは予測はしていたが、実際本人から話を聞くのはまた別だ。

「じゃあフィオナたちも、俺たちのお披露目に呼べるといいな」

「そうね、絶対、来てもらわないと」

カリサがギルバートに贈り物を返して結婚が成立したら、家はもうあるのだから、すぐにお披露目の宴をここで開くことになる。

そこにフィオナが来てくれたら最高だわと、カリサは嬉しくなった。

楽しくおしゃべりをしながら、カリサはギルバートの用意してくれた料理を二人で一緒に楽しんだ。カリサの好きなものばかりが並んでいて、とにかく、幸福だ。蜂蜜たっぷりのクリーム、甘い麺麭、香ばしく焼き上げた肉。

ギルバートも楽しそうだから、ますます料理がおいしい。

食べて、話すうちに、あっという間に日が暮れて、夜になってしまった。

「とりあえず今日はもう遅いから、送ってく」

窓から見える空が暗くなっていることに、ギルバートが気づかなければいいのに——と思っていたが、星が瞬《またた》く頃に、そう言い出されて心からがっかりする。

「何で。もう今日から私もここに住んだっていいでしょう？　誕生日が来たんだし……」

カリサは半分くらいはそのつもりで来たのに、ギルバートは頑固に首を振っている。

「駄目。あんたどうせ泊まるって、ただ一緒に寝るだけのつもりだろ」

「そりゃそうよ、結婚が決まっても、結婚したわけじゃないんだから」

ほらなあ、と言ってギルバートが頭を抱えている。

「それは俺が気の毒すぎるから、勘弁してくれ」

「えー」

「——もうちょっとしたら、この先ずっと、一緒にいられるんだ」

そう言って、ギルバートがそっとカリサを抱き寄せた。カリサも遠慮なくギルバートにもたれると、すぐに唇にキスされる。

「……そう、ずっと一緒にいられるんだから、我慢するぞ俺は……」

ブツブツ言っているギルバートに、カリサは赤くなりながら笑い声を立てた。

「我慢できるなら、いいでしょ。今日はずっと一緒にいたい。誕生日なんだから、我儘聞いてよ」

本当は獣耳族にとって、誕生日自体はさほど重要ではない。人間のように、その日に盛大な料理で祝ったりする習慣もないのだが。

でもどうしても今はギルバートと離れたくなくて、カリサは頑固に言い張る。

「ね、ギル」

いや、頑固に言うつもりだったが、変に甘えた調子になってしまって、自分で自分がこそばゆい。

「……あー、もう……」

しかしそのおかげか、ギルバートが何もかも諦めたように頭を振って、カリサのことを抱き締めた。

「結婚したあと、覚えてろよ」

「忘れるわけないじゃない、こんな嬉しい日のことなのに」

「まったく……」

溜息をつくギルバートの顔は、だが、とんでもなく幸福そうだ。

カリサは相手の瞳に映る自分の表情もギルバートそっくりなことを確かめてから、笑って目を閉じた。

あとがき

渡海奈穂

異種族同志のプロレスみたいな立ち退《の》き戦争の攻防…というのが最初に浮かんだ構図でした。

もうちょっと人と獣人《じゅうじん》の全面戦争だったのをかなりコンパクトにしつつも、大体その通りに書けたかなと思うのですが、思ったよりはギルバートが真面目な人になった気はする。

本当は最初にカリサが抱いたイメージ通り、慇懃《いんぎん》無礼・敬語で喋《しゃべ》る皮肉っぽい聖職者というキャラクターだったんですが、書いていてどうもおもしろくないなと思ったのであんな感じになりました。

表題作の『けものの耳は恋でふるえる』は小説ウイングス（雑誌）さんに掲載していただいたのですが、ちょうどその時期、はからずも獣人ものを色々書いていて、何だろうそういうマイブームでもあったんでしょうか。

けもみみは可愛いなあ、と思う程度でケモナーを自称できるほどではない…と思っていたのですが、あっちこっちで書き上げるくらいなのだから自分で把握していたよりももっとかなり好きなのかもしれません。耳も好きですがしっぽも好きです。巻かれて寝たい。

時期的に、閉塞感《へいそくかん》が強まっていた頃だったので（新型コロナのあれこれで…）世界は優しくて明るい、というのを前面に押し出した物語を書こうと思っていました。

読んでくださった方に、少しでもそういう気持ちを味わっていただけていたら、とても嬉しいです。


カリサとギルバートのやりとりを書くのも当然ながら楽しかったんですが、カリサとフィオナ、ギルバートとハイド、あんまり出なかったけどカートライト神父とのやりとりを書くのも、とても楽しかった記憶があります。

私は物語を書く時にさほどテーマのようなものを意識しないのですが（テーマを前面に据《す》えて、それを伝えるために物語を一から生み出す、という方法ではないので）、今回は多分、わかりあえない者同士がどうわかり合うか、どうわかり合おうとするか、あるいはわかり合えないままどうやってつき合うか、のようなところを書きたかったんじゃないかなと、今改めて思いました。

全部通じ合うのも素敵だけど、わからないながらも相手を尊重して適切な距離を保ちつつ、それなりに一緒にやってくっていう関係もいいなあっていう。

フィオナとお相手の獣人がいかにして結婚に到ったか、という辺りも想像するとすごく楽しい。本文ではさらっと記述してしまいましたが、ものすごい艱難辛苦《かんなんしんく》があったはずです。

今回のイラストを、雑誌掲載分に引き続きびっけさんに描いていただきました。カラーの優しい色遣いが想像していたこう書きたいなと頭で描いていた世界観にぴったりで、とても嬉しい気持ちになりました…！　ありがとうございます。

雑誌掲載時にご感想をくださった方、今回お手に取ってくださった方にも、本当にどうもありがとうございます。

また、この文庫を出すにあたってもさまざまなご助力をいただいた方々にも感謝の気持ちでいっぱいです。

もし何かしら心に残るものがありましたら、ご感想などお聞かせいただけますと幸いです。お手紙でもメールでも、奥付辺りにご案内があると思いますので、ぜひぜひ。

私個人でWebサイトやTwitterもやっていますので、そちらからでも嬉しいです。

ではでは、また別のお話でもお会いできますように！

渡海《わたるみ》　奈穂《なほ》

W I N G S ・ N O V E L

【初出一覧】
けものの耳は恋でふるえる：小説Wings '20年夏号（No.108）掲載
けものの恋で道はつながる：書き下ろし

この本を読んでのご意見、ご感想などをお寄せください。
渡海奈穂先生・びっけ先生へのはげましのおたよりもお待ちしております。
〒113-0024　東京都文京区西片2-19-18　新書館
[ご意見・ご感想] 小説Wings編集部「けものの耳は恋でふるえる」係
[はげましのおたより] 小説Wings編集部気付○○先生

けものの耳は恋でふるえる

著者：渡海奈穂 ©Naho WATARUMI
初版発行：2022年6月25日発行

発行所：株式会社 新書館
[編集] 〒113-0024　東京都文京区西片2-19-18　電話 03-3811-2631
[営業] 〒174-0043　東京都板橋区坂下1-22-14　電話 03-5970-3840
[URL] https://www.shinshokan.co.jp/

印刷・製本：加藤文明社

ISBN978-4-403-54241-1 Printed in Japan

S H I N S H O K A N

STORY

可憐《かれん》で清楚《せいそ》なその美貌《びぼう》から社交界の銀百合《ぎんゆり》とも呼ばれる令嬢《れいじょう》エディス。何者かに殺された筈《はず》なのになぜか生ける屍《しかばね》として蘇《よみがえ》った彼女は、自身を殺害した犯人を探し出そうと決意する。唯一の協力者で剥製師《はくせいし》だという謎の青年ヒューゴの助言《じょげん》で周囲の人間を疑ってみるが、全員が怪しく全員が決め手に欠けるのだった。そんなとき、事件のあと一方的に婚約破棄を言い渡してきたウィルフレッドと町で再会する。彼は驚くほど冷たい目でエディスを見て、「なぜお前が生きている」と告げてきて……!?

ウィングス文庫

「女に生まれてみたものの。」イラスト:雁須磨子

津守時生
Tokio TSUMORI

「三千世界の鴉を殺し①～㉓」
①～⑧イラスト:古張乃莉(①～③は藍川さとる名義) ⑨～㉓イラスト:麻々原絵里依
「三千世界の鴉を殺し SEQUEL ①」イラスト:麻々原絵里依

前田 栄
Sakae MAEDA

「リアルゲーム 全2巻」イラスト:麻々原絵里依
「ディアスポラ 全6巻」イラスト:金ひかる
「結晶物語 全4巻」イラスト:前田とも
「死が二人を分かつまで 全4巻」イラスト:ねぎしきょうこ
「THE DAY Waltz 全3巻」イラスト:金色スイス
「天涯のパシュルーナ①～④」イラスト:THORES柴本

麻城ゆう
Yu MAKI

「特捜司法官S-A 全2巻」イラスト:道原かつみ
「新・特捜司法官S-A 全10巻」
「月光界秘譚 全4巻」イラスト:道原かつみ
「月光界・逢魔が時の聖地 全3巻」
「仮面教師SJ 全7巻」イラスト:道原かつみ
「人外ネゴシエーター①～③」イラスト:道原かつみ

真瀬もと
Moto MANASE

「シャーロキアン・クロニクル 全6巻」イラスト:山田睦月
「廻想庭園 全4巻」イラスト:祐天慈あこ
「帝都・闇烏の事件簿 全3巻」イラスト:夏乃あゆみ

三浦しをん
Shion MIURA

「妄想炸裂」イラスト:羽海野チカ

和泉統子
Noriko WAIZUMI

「姫君返上! 全5巻」イラスト:かわい千草
「花嫁失格!? ―姫君返上! 外伝―」
「花嫁合格! ―姫君返上! 番外篇―」
「舞姫はじめました ～恋も奇跡も氷の上～」イラスト:まち
「ミルナート王国瑞奇譚(上)～女王陛下は狼さんに食べられたい!～」イラスト:鳴海ゆき
「ミルナート王国瑞奇譚(下)～狼さんは女王陛下を幸せにしたい!～」

渡海奈穂
Naho WATARUMI

「夜の王子と魔法の花」イラスト:雨隠ギド
「死にたい騎士の不運〈アンラッキー〉」イラスト:おがきちか
「伯爵令嬢ですがゾンビになったので婚約破棄されました」イラスト:夏乃あゆみ
「けものの耳は恋でふるえる」イラスト:びっけ

連載ラインナップ
嬉野 君×高山しのぶ
「続・金星特急 竜血の娘」
津守時生×麻々原絵里依
「三千世界の鴉を殺し」
新WEBマガジン
小説WINGS
ウィングス
全部無料で読める!!毎月10日更新!!
https://www.shinshokan.com/nwings/
縞田理理×ねぎしきょうこ
「トロイとイーライ」
糸森 環×冬臣
「椅子職人ヴィクトール&杏の怪奇録」